零崎人識的人間關係

與無桐伊織的關係

Illustration take

Author
NISIOISIN
Illustration take Cover Design Veia

零崎人識的人間關係

與無桐伊織的關係

西尾維新

NISIOISIN

Illustration take

零崎人識的人間關係

與無桐伊織的關係

Illustration take
Cover Design Veia

登場人物簡介

零崎人識（ZEROSAKI HITOSHIKI）——殺人鬼。

無桐伊織（MUTOU IORI）——殺人鬼。

石凪萌太（ISHINAGI MOETA）——死神。

闇口崩子（YAMIGUCHI HOUKO）——美少女。

六何我樹丸（RIGGA GAJYUMARU）——生涯無敗。

闇口憑依（YAMIGUCHI HYOUI）——暗殺者。

石凪砥石（ISHINAGI YOISHI）——死神。

哀川潤（AIKAWA JYUN）——人類最強。

想影真心（OMOKAGE MAGOKORO）——人類最終。

總之，哈特家族的人，容貌像是一個模子刻出來似的，就連性格怪異的部分都一模一樣。個性陰沉，卻喜歡惹事生非，行為舉止相當不正常。其中的代表人物，就是哈特夫人。孩子三人在商界的評價已經差得可以，但比起他們的母親，根本不算什麼。

她從年輕的時候，就將老么的恣意妄為發揮的淋漓盡致。過中年以後，不擇手段且強硬的態度，更是超越了博基亞家族的女傑們。毫無顧忌的將觸手伸進合作的公司，除了為求到目的的積極程度和卓越的社交手腕，私底下的妨礙手段也沒少過。即使是既複雜且危險的投資市場操作，基於機敏的頭腦和與生俱來的賭徒本性，對她來說可是一點都不困難。

（THE TRAGEDY OF Y by Ellery Queen）

第零章

「開場」

◆　◆

「話說回來——美少年萌太，石凪是屬於死神的體系吧？印象中，在『殺之名』這個非人集團裡頭，他們是唯一拿著死神鐮刀做為武器的。不過啊，美少年，在我看來你手上什麼也沒有，根本就是赤手空拳的狀態啊，這是為什麼呢？」

哀川潤。

不經意地，毫無前提之下——劈頭對石凪問道。

說實話，現在完全不是那種情況。

場所是在偽裝成名門千金學園的傭兵養成組織，大家十分熟悉且鼎鼎大名的橙百合學園——然而，在這段對話發生的幾個月前，造成澄百合學園面臨廢校的始作俑者，就是哀川潤本人——兩人在學園的走廊。

人類最強的承包人，一身紅衣的紅髮女性——哀川潤，和穿著綠色工作服，面容和善、眼尾下垂的少年——美少年，石凪萌太。

他們並肩走著。

異色的交流。

當然，一開始人數不只兩人。在具有目的性，入侵橙百合學園時還有四人——而『敵方』其中之一，一里塚木之實以無法說明的高超技術製造出的空間，硬生生將他們分開。

那樣的空間製作模式，讓哀川潤想避卻避不開，而石凪萌太甚至連自己受到攻擊的認知都沒有。

另一頭的兩人。

與這一側的兩人——等級是不同的。

和**實戰**經驗無關——在意義上是不相同的。

在這個時候，還不能確定空間製作者‧一里塚木之實是否有計畫的要這麼做，但在實質意義上，分開是必要的，也可以說是將他們分成小組。

「我其實也想讓崩子和伊哥單獨相處，畢竟，這可能是最後一次了。」

「啊？你在說什麼？」

萌太沒能回答她的問題，卻自顧自的說些令人摸不著頭緒的話。哀川潤將頭歪向一邊。雖然她身邊不乏我行我素的人，但石凪萌太的作風可以說是毫不遜色。

哀川潤本來並不在意。

但她從未看過任何一個『殺之名』的人，竟對於被稱做『死色真紅』的自己毫無戒備。

「不不——我只是在自言自語，再普通不過且沒有任何意義的自言自語噢。」

沒有要多做說明的意思，萌太縮起了肩膀——看起來不像是個十五歲的少年會做的舉動，不過，以他目前為止的人生際遇來說，應該算是相當符合的吧！

「對了——剛才說到哪裡？啊，死神鐮刀！唔，該怎麼說呢……其實是有隱情的。」

「隱情？請務必跟我說啊！」

咯咯咯，哀川潤笑著。

她一臉期待著所有大事小事麻煩事的樣子，表情卻相當愉悅，光看她這副模樣就像個愛湊熱鬧的人。

「並不是什麼值得說給別人聽的事啊——就只是家務事而已。」

「家務事啊！那我可就更有興趣了呢——這傢伙真的毫不保留耶！在我聽你自我介紹的時候就相當在意了！『石凪調查室』和『闇口眾』為什麼會是兄妹關係呢？雖說是同父異母的兄妹，但這是有可能的嗎？」

「一般人會有所顧忌的問題，妳倒是很直接就開口了——哀川小姐。啊啊，不對——是潤小姐，應該要這麼稱呼妳吧。只有敵人，才會直呼妳的姓式。」

「……所以。」哀川潤，眯起了眼。「該怎麼說呢——萌太小弟。事實上，要說我是你的敵人或是同伴可能還太早。」

「同伴啊！我永遠站在女性的那一邊。」

萌太像這樣誇下豪語。

聽起來一點都不像真心話。

哀川潤多少透露了誠意，但萌太卻絲毫不在意的樣子。

不僅僅是我行我素。

看起來就像是柳樹般隨風搖曳的少年。

換句話說，棘手的程度有如石丸小唄和根尾古新——但石凪萌太的個性，在她的心中更接近鬼門的位置。

至少跟她自己比起來可以這麼說。

與接下來將要面對的『敵方』首領——人類最惡的位置相當接近的精神性。

是敵是友。

無從推論。

難以判定。

輕易的——就能扭轉。

如果哀川潤與萌太二人的移動是有原因的，雖不能算上全世界所有女性，但至少能夠確定，他是站在**妹妹的那一邊**。這是唯一能做出的判斷。

石凪萌太的妹妹。

也就是——崩子。

闇口崩子。

被分配到**另一邊**的人。

「確實如同先前伊哥所說的，石凪調查室屬於死神的家族體系，但我算是個異類。」

「異類？崩子妹妹呢？」

「崩子可說是真正的闇口。離家出走也是我教唆的——對了，潤小姐。接下來我所說的話，請和伊哥保密喔！」

因為不想被討厭啊！

像這樣，萌太做出了聲明。

而這樣的聲明到底有多大效用，就連萌太本人也不抱期待。

「啊啊，我知道了，我答應你！」

哀川潤點了點頭。

這是何其輕易且簡單的臺詞——但如果出自人類最強承包人，哀川潤的口中，份量可不一樣。

至少，總是一臉怡然自得而難以判斷其情感的石凪萌太，稍微露出安心的神情。

「我的屬性雖為『石凪』，但實際上卻和『闇口』沒有太大差異——也就是所謂**被父親的再婚對象收養**的形式。」

「父親的再婚對象是闇口眾啊！嗯嗯——闇口、闇口、闇口眾啊！從崩子妹妹身上還看不太出來，那『殺之名』排行第二，在最令人避諱的零崎一賊之前——好像就是那樣的集團吧？我也不是很清楚。」

「當然，與石凪調查室還是有一定的關係和接觸——如果說我們的離家出走，會為誰帶來困擾，那對象無疑的會是石凪本家。總之，我們受到了名字的束縛，沒有辦法隨心所欲獲得自由——不論是要離家出走，還是想採取別的行動。」

並不是每個人都會像剛才出現的諾衣茲君那樣，能夠引起萌太的注意——他突然往後看了看。

那位沒有名字的少年並不在那個方向。

「……啊啊。話說回來，好像曾經聽人說過耶！一個明明是死神卻模仿暗殺者的孩子——我聽說之後，還燃起了想要跟這個人大戰一場的念頭。我都忘了有這回事啊！那個人，該不會就是你吧，美少年？」

「嗯。如果你有聽說，應該就是我沒錯，並不會有其他死神會這麼做——不過，真沒想到會成為別人口中的傳言。我還以為這是自己祕密的行動，果然無法完全隱瞞。」

「但是。」哀川潤說。「根據傳言，那孩子會帶著一把大大的鐮刀——不對，這麼一來就回到原本的問題啦！萌太小弟，你明明是死神卻沒帶鐮刀，到底是怎麼回事？」

「我沒說嗎？我早已從死神這個職業隱退了——就連暗殺者也是。」

萌太有那麼一會像是在回憶往事般，看著天花板上的日光燈——當然，燈並沒有打開——抬頭往上看。

「在我和崩子離開家的時候，也一同將鐮刀給留下了。這可以說是自己和不名譽的過去所作出的切割。」

「不名譽的過去啊！」

你自己也很明白嘛！哀川潤笑了。

雖然那笑容還帶著一絲自虐的氣息。

很不像她會作出的舉動。

「潤小姐，我啊。」

萌太說。

相當平靜且相當自然地說。

「即使發生了殺人事件——有沒有殺人都不是重點——假如那些所謂的犯罪者被登在報導上。『只要一步走錯了，自己也說不定會成為那個犯人。』——我從以前就否定，世上諸如此類對於加害者感到同情的風潮。」

「…………」

「所指的層面雖有不同，但這如同看著他人的成功，然後自己在心裡想『只要自己努力也能成功也說不定。』是一樣的——犯罪者也是有犯罪者特殊和特別的部分。」

總之，我不希望有人輕易地懷抱**自己也有可能變成那樣**的想法。

萌太像這樣做出了結論。

「根本沒有努力卻覺得或許能成為棒球選手的想法本身就相當不敬，沒經歷過什麼悲劇就覺得自己也可能成為犯罪者——那同樣也是相當輕率和不負責任。不過只看到電視節目報導，卻一副很瞭解對方的樣子作出評論和發言，實在令人感到困擾。那些真正的殺人鬼，零崎一賊可從來不會出現在報導的頁面之中啊！」

「那是當然的啊！不過，美少年，你為什麼要隱退呢？」

「身於如此的世界，不管是誰只要有機會都想要隱退吧？我想我並不是個例外。」

「這樣啊。順道問一下，你老家在哪裡？」

「伊哥沒跟你說嗎？北海道啊，北海道的孤島。」

「喔，是在島上長大的啊！」

在島上長大的兄妹啊，哀川潤獨自喃喃說著。

原來這才是一開始的設定啊！想瞭解石凪萌太就應該從這裡切入。

「——不過，那也不是個無人島，而是闇口眾的據點之一。」

「原來如此。沒錯，闇口眾確實有如此的特性，雖然不如零崎一賊擁有強勁的團結力，但在排他性這點，可是完全凌駕於其他集團之上——我應該沒說錯吧？你還真能從那樣的地方逃出來耶！那並不是單純想一想，就能做到的。」

「當時的我只有十二歲，說是計畫的行動其實也毫無計畫。事實上，自己更沒料想到有辦法成功，追兵馬上就會前來。完全難以預料——只為了能夠像這樣四肢健全的過日子。才放手一搏。」

「咯咯咯！這麼說來，目前的情況，都是因為小哥的關係才會將你們兄妹捲入如此危險的紛爭之中，你其實非常困擾是吧？」

「怎麼會呢？先不論有沒有追兵，如果沒有遇見美衣姊，我們兩個涉世未深的兄妹肯定會先餓死。如果沒有伊哥的話。」

崩子她一定。

像這樣。

話說到這裡——

「我們一定什麼都做不到。」

萌太斷言。

要是一開始什麼都不做的話，肯定什麼都做不到。

「總之——為了美衣姊和伊哥，要我們兄妹倆做什麼都願意，什麼都行！」

「哈，『什麼都行！』啊——這句話可不能隨便亂說喔！」

「是啊，那或許是妳專用的臺詞——我本來也不是那樣善良的人。」

「那麼。」萌太笑了。

看起來相當開心。

就因為那樣的表情，更能看出他心中的憂鬱——與位於千本中立賣，那棟古董公寓中的人們都差不多。

「潤小姐，我可以拜託妳一件事嗎？」

「啊？」

「這是一件委託——對於人類最強承包人在工作上的委托。」

工作的——委託。

聽到這句話，哀川潤她到目前為止雖然很順利地談話著——但連自己該往建築物的哪個方向裡走都不知道——前進的腳步，突然停了下來。

接著，她看著石凪萌太的眼睛。幾乎是用瞪著的。

「——一定要在這種狀態下說嗎？」

「沒錯，甚至根本就得在這種狀態下才能和妳說——因為，必須要在我死後執行。」

「…………」

那不妥當的發言令哀川潤眉頭一皺。
她應該察覺到了萌太的字面下的意思。
「啊啊，請妳不要誤會——這不是什麼遺言啦！好不容易脫離了過去，金盆洗手都還沒幾年呢！我才不會就這樣默默地死去。硬要解釋的話，這應該是證明了剛才『什麼都行！』的發言，並不只是隨便說說罷了。」
「嗯——其實也沒關係啦！」
然後呢？哀川潤催促著他。
事實上他們並沒有多餘的時間。
「如果你死了，我應該做什麼才好？」
「……正如同妳聽過我的傳言——我也知道妳的事。」
完全不理會「沒有多餘的時間」這事實，萌太像是刻意岔開話題般，說出了這句話。
哀川潤停下了腳步，萌太當然也是。
「那是當然的啊！只要稍微踏足過裏世界的人，誰不知道我的事呢——說不定在你還是現役死神的時代，我們曾經擦肩而過呢！」
「嗯，我當然聽過妳的英勇事蹟——但令我印象深刻的，是從父親口中聽到的部分。」
「……父親？」
「是的。我和崩子的——共通的父親。哀川潤小姐，妳和妳父親之間好像也有一些狀況，我們兄妹倆又何嘗不是如此。生下了同屬於暗殺集團闇口眾與死神集團石凪調查室的孩子，那例外的存在。近十年行蹤不明，卻在三年前回到了島上。而**他回家這件事**——才是我和崩子離家出走的直接原因。」

「…………」

「他的名字是？」

六何我樹丸。

石凪萌太說道。

任何人都忌諱的——他的名字。

「人稱結晶皇帝。那個人對我這麼說：『做為最強的人實在是挺有趣地且令人羨慕。不管說什麼，甚至輸了都會被原諒啊——』。」

◆　◆

爾後，石凪萌太所引用的這句話就像是條伏筆似的，人類最強・哀川潤在面對人類最惡・西東天和人類最終・想影真心這令人畏懼的組合之下吞了敗仗。

此外——雖說沒打算賠上性命的石凪，那年輕的生命也因此灰飛煙滅，消失殆盡。

然而這又是另一個故事了，在此便不多說，但這是哀川潤第一次知道，那位死神與暗殺者的父親——六何我樹丸的存在。

結晶皇帝。

生涯無敗的男人——至少，在這個時候是如此。

第一章

「希望的反義詞，即是死亡。」

◆　◆

「伊織，我回來了！」
「喔喔，人識，你回來啦！」
「我買食物回來了喔！」
「啊，又是便利商店的東西對吧？一直顧慮到你的心情所以才沒說，但我其實非常不喜歡那些製作方便的餐點。」
「少挑剔了。我身上可是一點錢也沒有。妳都不曉得我跟店員求了多久才拿到這些。」
「根本不是用買的嘛！根本沒花錢嘛！哇，都過期了啦！而且還過了很久！」
「這是環保，環保好嗎！況且，如果真要這麼說的話，伊織妳自己為什麼不下廚做東西吃呢！」
「要我下廚，我又沒有手！」
「不是有義肢嗎？罪口商會最得意的作品，妳也差不多習慣了吧？」
「嗯。但仍然不能像自己的手指一般活動。裝上它不過才幾個月，目前還沒辦法把它當做自己身體的一部分——該怎麼說呢，好像拿著一樣東西，卻感覺不到它的存在，感覺很奇怪。」
「嗯，是這樣嗎？」

「如果拿中式炒菜鍋的話，恐怕會因為熱傳導而出大事喔！」

「那種材質不會導熱吧？在休士頓那群什麼系統的人說，這可是使用於製造太空船的最新材質製造的喔！」

「哈，原來是這樣啊！但除了熱傳導之外還有很多問題啊，不過，也只能試試看才知道——雖然不是什麼愉快地嘗試。」

「唉，無法避免的吧！畢竟不是發生在我身上，說起來可能比較輕鬆吧？」

「真冷淡耶，人識！說什麼不是發生在自己身上，我可是你親愛的妹妹啊！」

「不要擅自套這種關係！而且，我之前也說過了吧？零崎一賊已經被全滅了，大家都被殺掉了。所以，已經不需要再玩辦家家酒的遊戲了！」

「說的話還真冷酷，好帥喔！」

「啊哈哈！」

「……你明明比任何人都還要傷心（小聲嘟囔）。」

「妳這傢伙在說什麼！」

「沒有沒有，我什麼都沒說。我怎麼可能會說『人識好傲嬌』那麼過分的話呢？」

「好啦，趕快吃啦！」

「我要開動囉！」

「……差不多可以用筷子了吧？」

「唉啊，我還沒辦法做那麼精細的動作。感謝人識選擇了義大利麵，真是幫了大忙！」

「哈，想太多想太多了——誰會為了妳刻意選擇可以用湯匙跟叉子吃的東西啊！只不過是淘汰品，哪還有什麼選擇的餘地呢！」

「人識果然守不住祕密呢！」

「快停止！妳這麼說好像在形容我笨拙卻很溫柔似的，也太俗氣了吧！」

「很迷人啊！」

「不過啊，伊織。」

「怎麼樣啊，人識？」

「剛才提到了零崎一賊——怎麼樣？伊織也累積得差不多了吧？」

「累積？累積什麼？里程數嗎？」

「才不是勒！殺人鬼累積什麼里程數。」

「還是指將來的願景？」

「那不是用累積的吧？」

「欸？我不懂啦！我也沒有在存錢啊！」

「不要說那麼悲傷的話好嗎……不對啦，是那個——殺人衝動啊！殺意，以我來說！」

「……啊？」

「為什麼妳一臉搞不清楚的樣子啊——我雖然在零崎一賊之中位在比較特殊的位

置，所以抵抗相對的大……但而妳算是標準的『零崎』吧？這樣的妳已經半年沒有殺人了耶——怎麼可能受得了呢？」

「……不過，人識啊，你前陣子不是有跟我說嗎？就是零崎一賊當中，還是有本著自己堅定的信念，不隨意殺人的殺人鬼——沒錯吧？」

「啊啊，你是在說曲識哥啊！他可是個相當乖僻的人啊——意志更是堅定，最好不要輕易地覺得自己也有辦法做到——而那樣的曲識哥雖然不隨意殺人，但也不是完全不殺人啊！只是有條件限制罷了——在普通人看來，他還是一個殺人鬼。」

「原來如此。」

「但伊織目前的狀況，畢竟少了雙手，身為零崎的衝動應該也比較薄弱。不過，就算現在沒事，不代表妳能繼續忍耐。」

「喔，到目前為止，我還沒有任何的切身感受。但那種時候如果真的到來，我又該怎麼辦呢？」

「不知道。」

「不知道又是什麼意思？」

「別這麼說嘛，我也不知道該怎麼辦啊——我好久沒有像這樣，長時間沒殺人了！在休士頓的時候也是，不知道為什麼就是沒有殺人。」

「那也是沒有辦法的事啊！你與那個紅色不是做了約定嗎？那個，她是誰啊？名字好像叫做……哀川？」

「啊啊，哀川潤。」

「就是以再也不殺人做為條件，哀川小姐才會放過我們的不是嗎？那樣的約定當然不能輕易打破啊！」

「當時的情況好像也不是放過我們那麼簡單——話說回來，不讓殺人鬼殺人，根本是一種虐待吧？還不如一刀把我殺了算了！」

「啊、哈、哈！」

「笑什麼笑啊！」

「啊哈哈哈哈哈哈哈哈哈！」

「還給我笑得這麼開心！真是令人火大！」

「不好意思啦！」

「怎麼還笑得出來啊！重點是啊，妳的極限一定來得比我還要快不是嗎？」

「那如果是這樣呢？人識，讓那個約定做稍微變通。」

「變通？」

「剛才講到曲識哥的時候，伊織突然靈光乍現了呢！」

「靈光乍現？」

「靈光乍現。」

「那是怎樣的畫面？」

「正確來說應該是當頭棒喝。總之，我有了一個想法。去拜託哀川潤，至少將限制降為『禁止無差別殺人』——之類的，將約束程度給降低不就行了嗎？也就是有條件的限制。比方說……像這樣，『如果對方是壞人就可以動手』或是『如果對方是殺人凶手，殺了他就沒關係』，提出類似以上這樣的要求。」

「……唔，這樣……嗯嗯？」

「怎麼了嗎？」

「沒有，我只是覺得這個點子很不錯。本來以為妳只是個笨蛋，伊織啊，沒想到妳還挺聰明的嘛！」

「『只是個笨蛋』這句話雖然過分了些，但看在你誇獎我的份上，還是跟你說聲謝謝吧！多謝你的抬舉囉！」

「不敢當不敢當。不過話說回來，問題也不是就此解決了——我並不認為哀川潤會接受這樣的交涉。」

「所以要盡全力交涉啊！這可是權力遊戲耶！」

「對手是那個哀川潤嗎？不可能啦！更何況我們早就在權力遊戲中吃了敗仗，所也才會受到那樣約束——不對，等一下！」

「又是怎麼了呢？」

「…………」

「本小姐在問你怎麼了喔？」

「……沒事沒事，我只是在想，妳搞不好是個天才耶！」

「啊？」

「就算不是天才也十分出色！竟然能在如此巧妙的時機想到這樣的點子……現在，正好是哀川潤衰弱的時候。」

「衰弱？她不是最強嗎？」

「是啊，這麼說是有點奇怪，不然就用受傷來形容好了。總之，現在這個時間點，那傢伙才剛結束和人類最終．想影真心，如同字面上意思的最終決戰啊。」

「人類最終……啊啊，這個名字我好像有在休士頓聽過，但卻完全不瞭解。」

「應該只是妳沒有好好聽說明吧？無論如何——不管誰勝誰負，對手是哀川潤或是其他人，只要和**那傢伙**戰鬥，幾乎沒有人能四肢健全的全身而退。而哀川潤恐怕已經身受重傷，即使是人類最強，還是需要住院療傷的啊！」

「嗯嗯，也就是說？」

「現在正是機會——面對哀川潤，我們有十足的勝算。」

「原來如此！既然住院了，我們當然要去探病慰問一下對吧！」

「說不定不只限定條件，甚至連約定都能一筆勾銷啊！」

「呴呴呴！看來沒有理由再猶豫了，我們天才組合快出動吧！」

「啊哈哈，天才組合是吧！這個想法確實太棒了，但問題在於實行的勇氣！怎麼樣，伊織，妳要加入嗎？」

「當然啊！還有什麼好考慮的？喔喔，從雙識哥哥手上繼承的『自殺志願』已經開始蠢蠢欲動了呢！」

「那可真是傑作啊！親手將人類最強承包人給殺死、肢解、排列、對齊、示眾！」

「瞭解——那麼，就讓零崎復活吧！」

◆　◆

就在這樣的對話結束後，隔日中午，殺人鬼．零崎人識和殺人鬼．無桐伊織襲擊了人類最強承包人．哀川潤的病房。

「……我在這個業界的時間也不算短啊——也算是看過了各形各色的人。不論是『殺之名』、玖渚機關還是四神一鏡——」

特地前去迎接他們二人。

哀川潤打從心底吃驚地說。

「——不過，我從來沒遇過像你們這種究極的笨蛋。該說是笨蛋組合嗎？我真的被你們嚇了一大跳耶！實在太過震驚，大腦都轉不動了！原來還會遇到這種事。」

唉。哀川潤嘆了好大的一口氣。

那如同飛蛾撲火般可憐的襲擊雙人組，現在正四肢著地趴在亞麻地板上，成了哀川潤下床後跨坐的椅子。

她高雅地坐在人識身上，卻毫不留情將伊織當做腳墊，更諷刺的是，在女生當中體型較高的伊織，整個人蜷成一團後的高度，竟剛好符合哀川潤墊腳的高度。

戰鬥——根本沒有經過所謂的戰鬥——人識和伊織身上的衣服就已經千瘡百孔殘破不堪。伊織頭上如同標誌般的針織帽還算完整，但由於她將大剪刀綁在自己有如峰不二子般豐腴的大腿上，短裙的部分嚴重裂開，裡頭的緊身褲更是完全外露。背上扛著哀川潤的腳，伊織直盯著地板看，像是在念咒般：「不是內褲所以不會丟臉，不是內褲所以不會丟臉……！」不停重複同一句話。

可能是那樣的碎念聽起來有些惱人，哀川潤高高地將腳舉起，又重重的踩了下去。

「呼嗚！」

伊織呻吟著。

人識似乎有所覺悟的樣子，看也不看伊織一眼。

或者應該說，目前占領他思緒的。

（為什麼我會聽從這個腦袋空空的女人所說的花言巧語呢——）

正是如此無止盡的懊悔。

話說回來，什麼花言巧語，這個點子多半都是人識所想的，這充其量只能算是推卸責任的懊悔。

「不過啊，說實話，零崎一賊的在我心中的地位因此上升了耶！直線上升！真的真的——明明是像日本狼般瀕臨絕種的種族，卻膽敢光明正大的出現在我面前，實在是驚天動地啊！上次是為了一些不可抗的因素沒能解決你們，但是零崎啊，我應該有說過不准再出現在我面前這句話吧？」

伸出手，哀川潤啪啪啪地打著人識的屁股。

人識毫無反應。

「我，雖然一直都最討厭零崎一賊，但說不定是一種偏見——你們還真是個有趣的集團啊！」

曾經也有個叫做曲識的傢伙啊——哀川潤繼續說下去，那些臺詞如同她自己的獨白似的，完全傳不進人識和伊織的耳裡。

「…………」

本來。

就算沒有發生這件事——人識只是貫徹了自己毫無反應的態度而已。

（住院中——）

（到這一步——還算……）

如同預期。

不過，那在之後的發展，在某程度上也算是如同預期就是了。

即使和預料中不同——那也是約定。

突擊哀川潤病房的人識和伊織，靠自己的腳站立在地上的時間，只有短短的三十秒——橫躺在床上，沒在休息也沒在睡覺，單手玩著手機的哀川潤，根本還沒看到入侵者是誰，就已經展開了如同暴風肆虐般的攻勢，瞬間便將兩位殺人鬼給壓制住。

她。

甚至沒有放開手中的手機。

「哈啊！不過，你們也太弱了吧？這種程度連復健都不算啊——而且，我是真的有些困擾。同屬性的對手所造成的傷口確實很難癒合啊！你們運氣不錯啦，如果是遇到完全康復的我，你們兩個早就灰飛煙滅囉！」

「這、這樣還不算完全康復……嗎？」

面對哀川潤的說辭伊織回了嘴。

維持墊腳臺的姿勢，居然還敢吐哀川潤的槽，這女孩確實有著與外表不同的秉性。就看在這份上饒她一次。哀川潤露出了微笑。

「嗯，大概兩成吧——」

像這樣回答。

「看到我一身可愛的病人服應該就知道了吧？這造型可是很少見的喔！」

話說得沒錯。哀川潤身上不是紅衣的確相當稀奇——對她還算瞭解的人識心想。不過，她的偉大是不會因為穿著而改變的。

「體力和肌耐力幾乎都歸零了，這樣已經是有所進展——啊啊，根本完全不行啊！」

「這、這算是完全不行嗎？」

「還好牙齒總算長齊了。果然要用自己的牙齒吃飯比較美味啊！」

「長齊了？」

「是啊，整口牙都斷光了呢！」

「長齊嗎！不是假牙，妳連恆齒都會重新長出來嗎？」

「所以才叫做恆齒啊！」

「恆齒是永恆沒錯，但絕對不是那個意思！哀川姊姊，妳是鯊魚嗎？」

「我如果是鯊魚，你們就是雜魚，味道再好也好吃不到哪裡去！」

「我、我們一點都不弱喔——只是哀川姊姊太強了！」

「不是太強，是最強！」

搞什麼，腳墊怎麼可以講話！哀川潤又把腳往下壓。

（如果是認真地用起力來，別說是牙齒了，伊織的背骨也能輕易的被折斷，看來她有特別拿捏力道。）

人識心想。

（——但，這才只是兩成啊？）

不由地苦笑了起來。

說不定，之前與人識兩次的戰鬥（其中一次是在與伊織相遇之前的對峙），她根本有所保留，沒用上幾分力。

（……但。）

（最初遇見她的時候，至少能切斷她的瀏海啊！）

這麼說來——實在不願意這麼想。

哀川潤目前的最強——只能算在成長過程中的一部分。

（不是太強——而是最強啊！）

這句話，說得真妙！

「然後呢，零崎！你們憑什麼一臉憂鬱的不說話啊！」

啪！這回打屁股的聲音更為響亮了。

感到疼痛是一定的，但在這個年紀還被人打屁股，實在是一種屈辱——直接打頭還比較好呢！

話說回來，明明是她不讓伊織開口的，真是不講道理。

「……啊，還真是對不起。」

人識不情願的說道。

脫口而出的，卻是道歉的言語。

「是我不對，你要對我做什麼，我都不會反抗了——但是，可以放過伊織嗎？她才剛當上零崎，事實上，除了正當防衛之外，根本沒殺過人啊！」

「啊，人識！」

聽完，伊織慌張地叫出聲。

「不、不是這樣的！漂亮的姊姊！這次全都是我策劃的！人識像個弱雞一直說要逃跑呢！」

「誰是弱雞啦！這世上沒有比我更勇猛的男人好嗎！」

「好了啦人識，你閉嘴！現在的主題曲可是飛天萬能車的那首啊！和人識做為椅子的模樣實在太適合了！」

「誰的主題曲是飛天萬能車啊！更何況這和弱雞一點關係也沒有！不管你怎麼說，我可打死都不唱這首歌！妳這個腳墊，還好意思說我！」

「……你們兩個啊。」

看著兩個人你一言我一語的，哀川潤再度嘆了口氣。

「之前也是像這樣，互相為對方著想對吧——當時就因為如此動人的家族情誼所以才放過你們的。但你們應該不會天真的以為，我這次還會為了同樣的原因再放你們一馬吧？如果真是如此，這一切愛的表現都會變成演技喔！」

哀川潤一邊說。

一邊喀啦喀啦的操作手機。

手指的動作十分輕快，甚至沒看畫面，全憑記憶和感覺。

「……嗚嗚嗚！才不是什麼演技呢！不過啊，哀川姊姊，快把手機關機！這裡是醫院耶！不可以！埋在我義肢的電子起搏器會……」

「義肢裡怎麼會有電子起搏器啦！唉，不用擔心，這是在醫院也可以使用的手機。」

「可、可是，這也是與人談話的禮儀吧！」

「禮儀？我在跟殺人鬼說話，需要那種東西嗎？」

「可、可是，在可愛的（前）女高中生和天真的少年，拚命央求活命機會的同時，卻毫不在意地打著訊息，妳難道真的沒血沒淚嗎？」

「我可不聽你們這些只有血淚的人囉唆！」

再踢一腳。

就如同字面上的又踢又踩。

「而且我又沒有在打訊息。」

「咦？那妳在做什麼？」

「更新部落格。」

喀啦！

人識的手肘和膝蓋一攤，椅子的高度變得和腳墊差不多。哀川潤的姿勢像是半躺著，看起來更是尊貴。

「喂喂，零崎啊！把椅子往後倒的時候，要先看看後面有沒有人吧——哈，後面沒有人就是了，最多有背後靈囉！」

「……人類最強為什麼會經營部落格啦！」

吐槽角色一直都是伊織負責，人識只是等著暴風雨趕快過，但這次他實在忍不住了。

怎樣啦！有什麼關係！哀川潤像是個被罵的孩子般扁著嘴。

「搞什麼啊？妳這傢伙，人類最強承包人，該不會都是以網路做為接案的管道吧？」

「不是啊，這不是工作。我的工作基本上都是靠口耳相傳的，屬於舊模式的工作者。部落格是私人領域，發表一些漫畫雜誌的感想而已。」

更新了之前所累積的雜誌評論。她用手指著病床旁的矮桌。上頭堆滿了主流到非主流的雜誌共七本，色彩十分鮮艷。

人識試圖想要把話給吞回去，但還是做不到。

「到底是有多閒啊！」

忍不住大聲怒吼。

「妳是人類最強的閒人嗎！堆在那裡的就有七本，妳到底看了多少雜誌啊！」

「嗯？光是定期買來看的大概就有三十本。」

「太多了吧！」

「在這裡是哀川潤的問答時間，請猜出我所看的那三十本漫畫雜誌的名稱！」

「那種問答題，隨便說說也能答對一半左右吧！誰能數出那麼多漫畫雜誌啊！」

「不然你有空看一下吧！我的部落格。」

「誰要看啊！我才不管妳是不是忙著更新部落格，我現在可是忙著說服自己竟然輸給了一個一邊忙著更新部落格一邊戰鬥的傢伙這個事實啊！」

「幹麼這麼說！你看你看，用手機就看得到了！」

「嗚喔！不要把螢幕壓在我臉上啦！這樣反而什麼都看不到啊！妳——喂！全部的感想都只有誇獎嘛！那有標準這麼低的部落格啦！」

「啊！基本上，我對漫畫是全面肯定的，不論是什麼我全都喜歡！」

咯咯咯！

也不是特別在意伊織所說的話，但哀川潤終於闔上了手機，撫摸起人識的頭。

唰唰地發出聲音。

「……再剪下去就太可憐了。零崎啊，你好像不太適合短髮耶！」

「妳、妳又想剪我的頭髮嗎？」

「嗯？」

沒有回答人識的問題，哀川潤將空著的那隻手伸向牆壁——深深嵌入牆壁內的，是伊織的武器，那把大剪刀——『自殺志願』。

哀川潤看似很輕易的，並沒用多大的氣力，就將插進水泥牆中的那個東西給拔了出來，然後用鼻子發出了「哼」一般的笑聲，像是鎗客般將它旋轉著。

『自殺志願』。

看起來是一把相當好用的大剪刀，但近距離觀察，甚至會懷疑是否應該用剪刀來稱呼它——好像是強行將一副對刀，拼成剪刀的形狀固定而成的凶器，這麼說還正確一些。

「……妳是打算用它來把我剃成光頭嗎？可以啊，妳想怎麼樣就怎麼樣，相對的，妳要放過伊——」

「閉嘴！再吵我就剪你的脖子！」

哀川潤粗暴地說。
剎——剪刀發出了鋒利的聲響。
「喂！妳這個大眼娃娃妝！」
「…………？」
「有人叫妳就要回應啊，大眼娃娃妝！」
受到攻擊的是伊織。
又被踢了一頓。
不過，這攻擊對伊織來說完全出乎意料之外。
臉上滿是驚恐的表情，她看著哀川潤。
「什、什麼？妳、妳是在叫我嗎？！」
「當然是妳啊，大眼娃娃妝！在這間病房裡，除了妳之外還有誰是大眼娃娃妝呢？」
「不、不對啊！我確實女孩子氣的畫了點妝，但也不到那個程度吧？不、不要這樣叫我啦！這樣說好像妝很濃一樣！」
「大眼娃娃妝和大濃妝又不同！」
「那、那麼哀川姊姊，不然自然妝容好不好！可以這樣叫我嗎？大眼娃娃妝反而比較適合人識臉上的刺青吧！」
「啊啊？伊織啊，妳這傢伙是想把我給捲進去嗎？」

很忠實地聽從哀川潤的命令，人識沉默了一會兒，又突然開了口（而且是因為這種胡鬧的對話），無法隱藏心中的困惑。

「也不准你用化妝來表現我的刺青，妳這傢伙！這個刺青代表了多少的意義啊，妳知道嗎！」

「欸？但那不是人識努力想要變得時尚的一環嗎？」

「喂！我的品味，我的風格，並不能用什麼努力的時尚一句話帶過好嗎！到底要我說幾次才夠啊！」

「哈，既然你都這麼說了，我本來是不打算發表意見啦，不過啊，人識，你那身像是軍服般的打扮，品味相當糟糕呢！」

「真的假的？」

話說回來，不良製品那傢伙好像也曾經若無其事做出批評，人識的臉色變得十分難看。

「將領巾綁在手腕上……我實在不懂倒底哪裡帥氣耶！還有啊，為什麼會把橡膠工作靴當做搭配的單品呢？如果真要說的話，應該是那個。人識啊，你根本不是為了變裝、隱瞞身分和紫外線防護，單純只是覺得帥氣才戴太陽眼鏡的對吧？」

「閉嘴！不准妳批評我！即使妳說的不是真的，但講得就好像我品味很差不是嗎！」

「上述的那些，如果是因為我『努力地打扮的更時尚』一句話，讓你更加拚命，最後造成那樣的結果，身為妳的妹妹，我確實地感到自己必須得負一部分的責任……」

「說什麼努力啊！」

「不准說太陽眼鏡的壞話。」

人識就這樣與她槓上了，而哀川潤才得以用另一個不停的角度，狠踹伊織地背部。

哀川潤。

其實是太陽眼鏡的愛好者。

「少轉移話題了！看著我的眼睛，然後回答我的問題，妳這個心機美妝！」

「心機美妝！聽起來一點都不像稱讚嘛！」

「上次找不到機會問妳——這把剪刀啊。」

無視伊織愕然的表情，哀川潤持續用手旋轉著剪刀。人識雖然不介意自己的頭上有那樣的武器晃呀晃的，但對哀川潤來說，她更是毫不在乎，完全無視他人的心情。

「這應該是，零崎雙識——那傢伙的所有物吧！」

「……原來您知道啊。」

零崎雙識。

自殺志願——他的稱號與那把大剪刀一樣。

又或者，是二十人地獄。

同樣身為——零崎一賊的長男。

對人識和伊織來說，他是被稱為兄長的殺人鬼。

（……哥哥也是相當有名的人啊！）
（哀川潤會認識他——也不奇怪。）
「零崎一賊遭到全滅——就代表那個自殺志願也死了啊。心機美妝，我可以把妳當成他的繼承人吧？」
「嗚嗚……心機美妝……心機美妝……」
「快回答我！」
「不、不要！請不要再踢我了！沒錯，沒錯，我就是！」
「喔……人識應該很想要才對啊？他讓給妳了啊！很有哥哥的樣子嘛——這部分也是承襲自殺志願嗎？」
「…………」
「少裝沉默了！」
冰冰涼涼的物體就頂在脖子上。
十之八九是那把大剪刀的刀刃。
「一下要我閉嘴，一下要我講話的，妳還真是為所欲為啊——」
「沒事別搭腔，只要回答我的問題就行了。」
為所欲為也就是太過自由的意思。
他完全不想反駁。
「……啊啊是是是！繼承了繼承了，我繼承了哥哥對家人的愛，這樣妳滿意了嗎？」

「咯咯咯，沒錯，這樣的就對了！不過啊，哼哼——零崎雙識啊，他其實是我這輩子想要見上一面的戰士——聽傳聞他是個十分帥氣傢伙啊！除了容貌還有內涵。雖然殺人鬼這點我不喜歡，但在零崎一賊中，是少有的紳士不是嗎？」

「…………」

「…………」

雖說只要立即回答問題就行了，但面對哀川潤像是在尋求同意般地問題，人識和伊織都只能沉默以對。

那個超絕變態殺人鬼，在外界流傳的名聲竟然會被美化到這種程度，到底是出了什麼錯呢？這實在是個謎。

話說回來，人識突然想起，即使是直木飛緣魔那種程度的高手，同樣對零崎雙識有相當高的評價。因為是自己人所以才知道哥哥變態的本性，但人識仍然無法隱瞞內心的衝擊。

不。

先不管那份震驚。

知道死色真紅——哀川潤似乎對零崎雙識相當的執著（伊織恐怕也是這麼想），他們都不由得在心中吶喊著。

（——活該啊！）

「咯咯咯！」

哀川潤——似乎帶著笑意。

將大剪刀，『自殺志願』一邊旋轉一邊丟向伊織，做出了小朋友不能模仿的危險動作——不過以哀川潤來說，剪刀尖端就算直接刺進伊織的身體，其實也沒有什麼大不了的。

「要好好珍惜它喔！」

「啊？欸？欸欸？」

伊織一臉疑惑。

「所謂的武器啊，就像是妳的靈魂一樣——」

哀川潤她。

「——不過，我基本上是不使用武器的類型，其實也不太清楚啦！但所謂的靈魂，應該可以用信念來解釋吧？所以——要好好珍惜！」

「……這應該不是逼我把刀子全都丟掉的人該說的話吧！」

「你的刀並沒有靈魂不是嗎？具有靈魂的武器幾乎可說是分身——**就如同死神的鐮刀一樣**。」

你的分身是戲言玩家不是嗎？說完哀川潤她。

將手中那闔起的手機——像是豆腐一般捏碎了。碎裂的零件，伴隨著重力掉落在人識的腳上。

令人不寒而慄的碎片。

但哀川潤似乎對這個結果不甚滿意。

「完全不行。」

她說。

「體力和肌耐力就算了，握力更是無法復原——想要回到原來的狀態，看樣子要等到明年囉！只好放棄了。」

「……？放棄？放棄什麼？」

「放棄以最佳狀態戰鬥啊！小頭。不對、小丫頭。」

「怎麼會有人把小丫頭念成小頭啊？『丫』這個連小嬰兒都發得出來的母音怎麼會被省略！」

「我就原諒你們吧！」

忽略伊織猶如怒濤般而來的吐槽。

哀川潤——如此說道。

「原諒你們！」

那是。

讓人不敢相信自己的耳朵的——一句話。

至少，目前的情況根本不可能奢望如此寬宏大量的決定——或者應該說，在兩人被當成椅子坐時就放棄希望，其實也相當合理。

（——該不會是互相保護戲碼發揮功效了嗎？）

（都第二次了耶？）

本來就不打算演戲或是說謊。

因為，根本不覺得會有用。

這個承包人——也太好說話了吧？

不止對於漫畫，單純就是毫無原則可言！

「又不是接到了非得捕殺你們的委託——既然是私人範圍，就睜一隻眼閉一隻眼吧！更何況，我應該在上一次就已經殺了你們不是嗎？如今動手只會暴露我在工作上放水這件事。若是牽扯到信用問題，還是應該要避免才好。」

說著看似有道理的理由，但她自己可能也知道說不通吧！這一切聽起來就像是藉口。

當前的情勢雖然難以預測——不過。

看樣子——命，是保住了。

哀川潤既然都說要原諒了，應該錯不了吧？

「別會錯意囉！」她說。「當然不可能輕易地原諒你們啊！我可是冒著殺頭的危險耶！」

「怎麼會，哀川姊姊完全沒有性命的威脅好嗎——」

伊織沒能說完。

理所當然又被踢了一腳。

即使對象不是哀川潤，現在也不是吐槽的時機吧？這就是無桐伊織，令人畏懼的白目實力。

而哀川潤一副什麼事也沒發生的樣子，繼續說了下去。

「沒這麼快了結，我可以放過你們，但你們必須要幫我工作！」

「工——工作嗎？」

「是啊。你們可能不知道，我接受了一位美少年的委託——零崎，小哥完全沒有跟你說嗎？我本來沒當一回事啦，沒想到他竟然如他自己的預測，就這樣死掉了。所以，我也不得不實行委託任務啦！就如同我和我的父親做出了結，他和他父親也必須有個結論。」

「………？」

人識完全無法理解哀川潤所說的話——（我有聽過類似的事情？）——她既沒打算詳細說明，也不在乎聽話的兩人。

「總之，我不可能以兩成的功力對付那個生涯無敗的男人——但這樣的話應該還過得去吧？就請你們助我一臂之力囉！」

她說得像是已經決定好的事般。

「生——生涯無敗？那是什麼啊？」

「誰知道，我也不清楚。我其實是第一次聽說，那樣的人好像真的存在喔！」

「如——如果真有那麼厲害的人，我們怎麼會連聽都沒聽過呢？那樣的戰士，肯定會有很多傳聞的。」

就像是哥哥一樣。

刻意沒有加上這句話，這是不需說明的事實吧？

人識和伊織之所以能從零崎一賊的全滅騷動中逃過一劫，以及能假裝已經死在哀川潤手上，理由很簡單，就是因為他們一點名氣也沒有。

「到底是何方神聖啊！看樣子是匂宮雜技團的人吧？但出夢那傢伙也不可能無敗啊——我可是贏過他很多次。」

「嗯？你們也認識出夢啊？咯咯咯，那傢伙很強耶——如果她還活著，真想和他再大戰一場……才不是匂宮雜技團呢！頂多算是『殺之名』的關係人吧？他自己本身並不屬於『殺之名』。」

「不屬於——『殺之名』？」

不然是什麼啊？面對人識的質問。

「令人意外的，他與玖渚機關有關係喔！」

哀川潤笑著回答。

「好像是在幾代前退役了吧？因此玖渚本家應該是不會插手的，不過，既然都如此的傳言，這份工作，是絕對需要你們的幫助的。」

「什、什麼——幫助呢？」

「嗯，有很多事想要請你們去做啊——先從簡單的著手吧！」

哀川潤她。

露出了諷刺的微笑——下達第一個指令。

「她好像因為感冒所以住進了這間醫院喔，幫我綁架那個美少女，闇口崩子。」

◆　◆

哀川潤對六何我樹丸。

人類最強對生涯無敗。

這場決鬥的戰火就是從這裡開始延燒的，但說穿了零崎人識和無桐伊織也只是剛好在場而已，即使兩人沒有發動襲擊，哀川潤還是會為了石凪萌太的委託採取行動——而在場的那個理由，卻使得零崎人識和無桐伊織捲入了這場可以被稱作戰爭的對決——

第二章

「我不打算責備你，卻也不會偏袒你。」

◆ ◆

自從自殺志願把「妹妹」托付給他，零崎人識基本上都和無桐伊織一起行動，但也有一個時期，他背棄與哥哥的承諾，離開了伊織身邊。說實話，那時候的人識是刻意的與她保持距離——中間雖然發生了一些事，不過刀最後還是收回了刀鞘之中。

唉。

人識本來就是這樣。

裝做一副壞壞的樣子，人其實很好。看似恣意妄為，卻很懂得照顧人。

雖然稱不上笨拙的溫柔，但他確實沒有指責哀川潤太好說話的資格。

再說，人識離開伊織的那段時間，竟然是為了解救那個絕對稱不上是朋友的人。

人識總叫他不良製品，而他也稱呼人識為人間失格——戲言玩家。

若是說講得太詳細，可能會透露別的故事的劇情，在這裡不便多說——而在那段時期，人識每天都過著和雙胞胎姊妹戰鬥的日子。

雙胞胎姊妹。

而且還不是普通的雙胞胎。

她們可屬於匂宮雜技團的分家——當然不是普通的雙胞胎啊！

澪標高海。

澪標深空。

那令人畏懼的默契即是她們的武器。

「不動——」

「——叉手」

「齒黑——」

「——鰓蓋」

像這樣的某一天。

與其說是某一天，與澪標姊妹的戰鬥根本成了家常便飯，人識當然也不會記得到底是哪一天。

總之，那天。

在一位名叫木賀峰約的女性研究者所使用的研究室，某個京都郊區診療所遺跡的庭院之中。

零崎人識——接下了她們兩人左右同時攻擊的招式。

接著反擊——左右同時。

腳延著地面一掃，她們應聲倒地。

順帶一提，『澪標』本來都是著法衣戰鬥的，高海和深空一開始也是如此，但伴隨著逐漸日常化的戰鬥，她們的穿著也有所改變。眼前的她們穿著迷你裙和露肩上衣，以相當女性化的姿態，甚至有些養眼的裝扮對戰著。

那又如何呢？不不，那時的人識只覺得，自己並不是為了偷看她們的內褲，才用腳把她們撂倒的。

（呼——）

（——只差一點！）

他也有這麼想。

當然，差一點的並不是內褲，而是這場戰鬥。

在不良製品身邊能輕易對付澪標姊妹的人，大概只有人識，但事實上卻也不完全是如此。

不，這麼說並沒有錯。

輕易但就是贏不了——這麼說應該更正確。

澪標高海和澪標深空的合體攻擊，在技術的完成度上就是如此高明。

要不是與人類最強的對決中，失去所有的刀器，她們姊妹對人識來說根本不是對手。

（算了——我之所以能贏過她們，之所以不把她們看在眼裡，原因只有一個。）

（那都是因為，我對於她們所屬的本家，匂宮雜技團的王牌，出夢的戰鬥技巧——再瞭解不過了。）

那幾年（雖然當時還不是王牌），人識的日常就是不停地與匂宮出夢對戰——爾後與出夢的關係變得相當險惡，戰鬥也逐解拿出真本事，比起這些，澪標姊妹真的不算什麼。

而澪標姊妹不用武器這點，對人識來說，也只會讓他聯想到出夢，完全不能自己。

（出夢啊——）

（——只要再多活一個月，就能與我相見了啊！真是個笨蛋。）

回想當時，就忍不住會這麼想。

人識——稍微地，揚起嘴角。

露出了微笑。

「……你在笑什麼，零崎人識。」

「……你在笑什麼，零崎人識。」

「看到女孩子的內褲而偷笑嗎？」

「看到女孩子的內褲而偷笑嗎？」

「變態。」

「變態。」

左右同時地。

倒在地上的高海與深空壓著自己的迷你裙，調整眼鏡的位置，眯起眼睛說道。

「…………？」

沉浸於回憶之中，一瞬間，他還反應不過來。

然後，人識他。

「啊？我是變態？不是我哥而是我嗎？」

語氣有些粗暴。

絲毫不臉紅。

只露出了輕蔑的神情。

左右同時，高海與深空對人識投以指責的視線。

「等一下好嗎？我跟那個為了偷看女學生內褲而戰鬥的那個變態不一樣啊！不要以為有那樣的哥哥，弟弟也會是變態！」

「誰管你哥哥是誰啊！」

「誰管你哥哥是誰啊！」

「變態。」

「變態。」

左右同時出聲說——

深空和高海站了起來。

似乎有種戰爭結束的氣氛。

今天可能就到這裡了。

或許都是專業的戰士吧？這部分還算有默契——至少可以確定今天以內，在這之後，澪標姊妹不會再偷襲人識或那個不良製品。

「喂，變態！」

「喂，變態！」

只不過。

正常來說，應該會在這裡結束的——正想要回到研究室，喝杯熱茶之類。但『那天』澪標姊妹卻有些反常留住了零崎人識。

雖然留住他的方式。

不像是刻意的。

「……聽好了。不要將我的代名詞換成『變態』！」

伊織是繼承了哥哥的『自殺志願』沒錯，但這不代表我要繼承這種不名譽的稱號啊，也太悲慘了吧！人識心裡這麼想著，然後轉向她們。

澪標高海。

澪標深空。

無表情——冷漠的表情。

像是沒有生命般，如同死人一樣，冰點下的——不，連零下的概念都沒有，毫無溫度的表情。

只剩下眼鏡。

詭異地反射著太陽的光線。

（…………）

（……嗯。）

其實也沒有什麼大不了的。

雖說是分家，『殺之名』——但也還是匂宮雜技團。
或許像出夢那樣感情表現豐富的戰士，才是珍貴的存在——已經全滅的零崎一賊的殺人鬼們，大家在某程度上也都是一些精神異常，相當極端的傢伙。
（簡單來說——）
（——就是瘋子。）
這麼說來，會讓瘋子們如此在意的不良製品，那傢伙在某程度上也算是很了不起。人識不由得這麼想著。
「喂，情色刺青！」
「喂，情色刺青！」
換了說法，但依舊左右同時出聲說話。
表現更過分了，不過，看樣子自己是沒有辦法和她們溝通的，這次他想起的不是出夢，而是西條玉藻。於是，人識他。
「怎樣啦！」
像這樣回應。
「有事想要問你。」
「有事想要問你。」
「零崎人識。」
「零崎人識。」

「你為什麼那麼強啊？」

「你為什麼那麼強啊？」

就這樣——斬釘截鐵地問。

直接——而根本的。

至少，她們所尋求的並不是像『被匂宮出夢訓練出來的！』或是『為了零崎雙識！』之類具體的答案。

不是理由。

她們想知道的——是動機。

那個問題就是這樣。

澪標高海。

澪標深空。

兩個聲音對稱地說。

「我們——是為了狐狸先生而強大的。」

「我們——是為了狐狸先生而強大的。」

「只為了他而強大。」

「只為了他而強大。」

「澪標高海——十三階梯第六階。」

「澪標深空——十三階梯第七階。」

「為了輔佐狐狸先生而活。」
「為了輔佐狐狸先生而活。」
「除此之外沒有任何意義。」
「除此之外沒有任何意義。」
「任何人都不重要。」
「任何人都不重要。」
「除了狐狸先生。」
「除了狐狸先生。」
付出最後會成為坐禪的供品——
澪標姊妹異口同聲地說。
「……坐禪是什麼啊？」
真是傑作——人識像這樣的吐槽回去，不過應該也沒有多大的效用。
「我認同妳們的信念，澪標姊妹！不過，我真的沒有什麼動機呢——話說，好像聽直木飛緣魔那傢伙說過啊！變態哥哥的狀況是把愛護家人的心當做動機，但我可沒有那種東西。」
「騙人！」
「騙人！」
高海和深空說。

很乾脆的——斬釘截鐵地說。

「如果沒有動機，人類不可能那麼強！」

「如果沒有動機，人類不可能那麼強！」

「比方說，人類最強。」

「比方說，人類最強。」

「那女人——很強。」

「那女人——很強。」

「什麼都很強，什麼也都很強。」

「什麼都很強，什麼也都很強。」

「但最強的——是她的動機。」

「但最強的——是她的動機。」

「自己是最強的信念，身為人類最強的自負，才是最強的。」

「自己是最強的信念，身為人類最強的自負，才是最強的。」

人類最強承包人。

哀川潤。

她的強大——她自己比任何人都清楚。

再清楚不過了。

所以——能夠理解澪標姊妹為什麼這麼說。

甚至連說明都是多餘的。

根本——無需多說。

「那你又是如何呢？情色刺青。」

「那你又是如何呢？情色刺青。」

「你是為了什麼——才會這麼強？」

「你是為了什麼——才會這麼強？」

「如果一點意義也沒有。」

「如果一點意義也沒有。」

「如果你的強大沒有任何意義。」

「如果你的強大沒有任何意義。」

零崎人識。

你一定比任何人還要懦弱——

比世界上的任何人都還要寂寞。

就在澪標高海和澪標深空兩人同聲說出這句話的同時，窗戶被打開了，繪本園樹走出研究室，如同被醫師下了禁令般，以上的對話就此不了了之。

那天的對話。

已經不記得是哪一天的對話。

但那時，澪標姊妹左右同時所說的話，卻像是吐不出來的魚刺般，直到如今，仍無法從人識心頭拔除。

◆　◆

這裡叫做大厄島。

地域上屬北海道，在距離襟裳岬大約五十七公里的位址，是個面積五百平方公里，周長約一百三十公里的巨大孤島。不過，它卻不在地圖上。這與同樣沒有記載在地圖上的四神一鏡的一角，赤神家所有的鴉濡羽島的規模不同——之所以連包括財力的部分都能徹底隱瞞的原因，不用說也知道，這都是因為『殺之名』排行第二，把祕密、隱密、隱匿、隱蔽奉為圭臬的闇口眾的暴力導致的結果。

暗殺者。

甚至有人說，他們是忍者的後裔。

而闇口眾也是『殺之名』中，最謎樣的同業商會。對於闇口眾有詳細瞭解的，只有集團的一員，或是——他們視為主人，願意侍奉一切的對象。

就像是個奴隸般。

如此的大厄島，即是石凪萌太和闇口崩子，戲言玩家口中的『蹺家兄妹』的故鄉。

「故鄉啊……反正我也沒有什麼故鄉，無所謂啦！」

人識用幾乎沒有人聽得到的聲音碎念著。

本來想要大聲的說出來，卻因為ＴＰＯ而作罷。

順帶一提，ＴＰＯ的意思是，（Ｔ）零崎人識襲擊哀川潤，卻慘烈地遭到反擊的三天後——（Ｐ）大厄島上空約一千五百公尺處飛行的中型直升機的貨物室——（Ｏ）被迫協助人類最強承包人的工作——就是如此。

在貨物室內的不止人識而已。

襲擊哀川潤的共犯者，那個因為生平第一次搭乘直升機而開心不已（實在白目）的無桐伊織，正從小窗向外看，興奮地大吼大叫著，哀川潤本人則在人識對面的位置尊貴的坐著——不論椅子是人還是什麼，她的坐姿好像都不會有任何改變。

而所謂的大厄島，島面積的一半以上都是險峻的山地，為此，三人也換上了方便登山的造型。事實上，人識和伊織原本的衣服已經破爛不堪，無論如何都需要換一套服裝。

話雖這麼說，伊織並未脫下招牌的針織帽，哀川潤的衣服也一如往常的以紅色為主，堅持自己的原則。

（妳們的品味也好不到哪裡去吧！）

心裡雖這麼想，不過，將這次服裝搭配全交給伊織的人識，他所受到的心靈創傷可想而知。

「欸，人類最強啊！」

「啊啊？什麼事啊，你這個時尚努力者。」

「……妳總有一天會有報應的！」

完全無視人識的詛咒，哀川潤輕快地操作著手中的 iPhone ——看樣子她在三天內換了新的手機，畢竟上一支手機被她親手捏碎了啊！

「我說啊，人類最強。妳最好馬上停止更新部落格，好好聽著——不是啦，妳應該解釋些什麼吧？目前為止完全沒有任何說明。管他是屋久島還是大厄島，我們到底是為了什麼要來到闇口眾的巢穴呢？」

「還真是囉唆耶！不要以為我會替你說明好嗎？看看那邊的大眼娃娃妝，她不就在享受雄偉的風景嗎？」

看著她手指的方向，伊織確實為窗外的景色給擄獲。換了那麼多綽號，最後還是回到了一開始的稱呼，但她卻完全沒聽到。

「我已經打算放棄大眼娃娃妝了！聽好了，人類最強。不是我在說，但只要我純粹地出自好意，幫助朋友，到最後一定會莫名其妙的和那個朋友決裂，而且屢試不爽。所以我可要先聲明，這次我不想重蹈覆轍。」

「咯咯咯。這就是所謂的創傷嗎？你也還是有可愛的地方嘛——不過啊，零崎人識，世界就是這樣。無法選擇的被生下來，然後莫名其妙的死去——沒有人會向你說明什麼的喔！」

「………」

「更何況，目前的情形對我來說也是意外中的意外——沒想到自己還會和零崎一賊的殺人鬼站在同一陣線，共同作戰啊！」

「啊？妳說還會——是什麼意思？」

「是啊！真是的，活著果然什麼事都會發生——有趣啊！」

講得一副好像真的很有趣似的。

哀川潤——搖晃著肩膀說著。

人識怎麼可能會知道呢？

在過去，哀川潤曾經和少女趣味零崎曲識合作，並肩與機械兵器由比濱璞尼子戰鬥，也有過在私下以承包人的身分幫助過與愚神禮贊的經驗——曲識和軋識既然絕口不提，他當然不可能會知道。

再者，關於軋識那部分，哀川潤自己也幾乎沒有自覺。

「正因為如此，人識啊！如果你覺得莫名其妙，既然都莫名其妙了，你就應該好好享受那份莫名其妙。況且，值得慶幸的是，我們本來就不是會害怕決裂的朋友關係啊！」

「…………」

誰會接受這種不負責任的理論啊？

人識只是更莫名其妙地理解到，繼續追問哀川潤是一點意義也沒有的。於是，他乾脆閉上了嘴——就在這個時候。

「殺人鬼先生或許不在意吧——但我可不一樣！」

像這樣。

從一旁突然加入話題。

那並不是伊織的聲音——她的視線從沒離開過窗外的風景，一副與窗戶融為一體的樣子。

而且，聲音是從伊織的反方向傳來的——人識和哀川潤一同往那個方向看去。

一位美少女——

標準的美少女。

她坐在那裡。

穿著洋裝的美少女就坐在那裡。

正確來說，是只能坐著——她的手和腳，維持這樣的姿勢下被緊緊固定住。

一頭有如日本人偶般的短髮。

膚色白皙透亮，更顯得脣色鮮紅。

「殺人鬼們，是因為自由意志才搭上這架直升機嗎——我只是在住院的時候，被你們給綁架了而已。」

美少女。

用失去自由意志的雙眼——狠狠瞪著哀川潤與零崎人識。

「我堅持要求說明。」

她的名字叫做闇口崩子。

今年十三歲。

石凪萌太——同父異母的妹妹。

◆　◆

「話說回來，人類最強！這架直升機是妳個人的所有物嗎？」

「不不不，不是我的啊。只是跟駕駛艙的那個人借來的。」

「啊哈哈，即使是人類最強也不至於會有直升機啊！」

「畢竟帥氣的紅色直升機不容易找到。」

「不需要對紅色這麼堅持吧……」

「但也不是一架也沒有喔！我有一架取名叫做四輪的眼鏡蛇。」

「妳怎麼會有攻擊直升機啦！」

「但它太有個性了，又不能坐太多人。」

「不是這個問題吧？」

「……確實不是那個問題。」

面對無視自己的『要求』，開始說起相聲的凌其人士與哀川潤，闇口崩子冷漠地說。

接著又再重複了一次。

「我堅持——要求說明！你們的目的到底是什麼？為什麼要綁架戲言玩家視為所有物的我呢？」

她像這樣提出了質問。

以目前的狀況來說，崩子如此沉著冷靜的態度確實令人意外——也因此得知她並不是個普通的十三歲女孩。

（不過，換句話說——面對如此的情況，她也只能裝出大人的樣子——這也表現出她的絕望和遺憾。）

人識是這麼想的。

在一千五百公尺上空。

以及——繼承零崎雙識的『自殺志願』的義肢（從崩子的角度來看）殺人鬼・無桐伊織和零崎雙識的弟弟，零崎一賊的鬼子，以刺青聞名的（她好像沒聽過這個傳聞）殺人鬼・零崎人識。

拘束崩子手腳的繩子，出自於人識——那是由被稱為『病蜘蛛』的操線使所傳授的拘束術，並不是拚命掙脫就能夠鬆開的。

但如此的拘束除了以防萬一之外，沒有任何意義——即使是施術的人識自己也這麼認為——這是因為。

在場的不只綁架犯人識和伊織兩人而已——還有人類最強承包人。

哀川潤。

她正威風凜凜的——坐在那裡。

即使沒有任何的拘束，即使不在一千五百公尺的上空——殺人鬼在場與否，只要在她的面前，就完全沒有任何逃走逃脫的可能性。

然而，在這樣的情況下。

美少女，闇口崩子——仍能態度堅定的說話。

先不論情況。

完全不畏懼如此的環境——實在了不起。

（自己十三歲的時候，只是一個小鬼吧——不是嗎？）

「我真是看錯人了，哀川小姐。」

崩子說。

冷漠，她極為冷漠地說。

沒有任何情感——無情感。

沒有任何表情——無表情。

「戲言玩家哥哥對妳的評價很高——於是我也覺得妳是一個值得相信的人。看來那也只是假象啊！竟然會做出如此粗暴的舉動——哀川小姐。」

她說了兩次。

而且第二次還很故意地強調——『哀川小姐』。

闇口崩子直呼承包人的姓。

聽完，哀川潤她——「咯咯咯」地笑了出來。

似乎一點也不在意。

「不要瞪我嘛——我又不是要把妳給吃了！崩子妹妹啊，雖然妳確實可愛得讓我想一口把妳吞下去。」

「……即使妳誇獎我，我也不會感到高興。」

「沒有人在誇獎妳呀！在這種情況下，妳該不會還覺得我是在誇獎妳可愛吧？」

所以才不可愛啊——哀川潤站了起來。

哀川潤雖不是穿著招牌的高跟鞋，但以她的身高即使換上登山鞋也不會有太大落差。

（如果和她擁抱的話。）

（我的臉剛好會埋進她的胸部裡。）

雖然這是個令人不敢恭維的想像。

總之，那不到一百四十公分的嬌小身軀加上受到捆綁而無法站立的崩子和哀川潤之間的身高差距相當大——崩子狠瞪著哀川潤的舉動，不免讓人佩服她的膽識。

「……所以，妳到底是什麼意思呢？哀川小姐。」

「沒有——或許高估妳的人是我，該說是失望嗎，還是什麼呢？那時我們一起去橙百合學園的時候——崩子妹妹好閃耀喔，渾身散發光采呢！」

「…………」

「為何現在變得如此黯淡呢——感覺就很普通耶！一點都不有趣，為什麼呢——啊啊，我知道了！」

哀川潤彎下腰靠近闇口崩子的臉，然後擺明了用懷有惡意的口氣說：

「**因為哥哥死掉了啊**。」

就在這個時候。

終於——自從在醫院被綁架後，崩子一貫的無感情和無表情，即使是強裝出來的——她的臉龐竟露出一絲動搖。

哥哥。

大哥。

「當然——不是指戲言玩家哥哥，而是石凪崩太喔！那個美少年，死了啊！」

真是可惜，哀川潤嘲諷地說。

「——」

崩子還是做出合宜的應對——將那份難以挽回的動搖給收了起來。因此，她應該也知道自己的聲音正在發著抖。

「一切與萌太——無關。」

「……話說回來，崩子，妳都對小哥稱呼哥哥，卻不會像這樣稱呼美少年萌太，他才是妳的親生哥哥吧！這麼做有什麼理由嗎？」

「這——跟妳有什麼關係嗎？完全無關吧？」

「咯咯咯！無關、無關、無關——啊。這話聽起來還真悲傷真寂寞呢！」

「…………？」

崩子沒想到自己的話竟會帶來如此的反應，她的頭稍微向右傾斜。

「我有什麼——好悲傷的？有什麼好寂寞的呢……哀川小姐。」

「嗯？沒有啊！只是覺得崩口妹妹這輩子可能都會像這樣『無關無關』的過日子吧！不過，這倒也很符合闇口眾就是了！」

「什——什麼？」

「『除了主人以外都與我無關。』這不就是妳們闇口的基本信念和準則嗎？」

這部分人識也有聽說過。

闇口這個集團，對於該理念的貫徹，到一種令人害怕的程度——就像是零崎一賊對家人的注重，闇口眾的暗殺者——他們往往比他們自己想像得更重視忠誠。

「……我，已經不屬於闇口眾了——不，嚴格來說，我從不屬於那個集團。雖然我確實——誓言要對戲言玩家哥哥忠誠——」

「哼哼，又是戲言玩家哥哥啊！」

完全掩蓋了崩子說明自己不屬於闇口眾的聲音——哀川潤她。

「呵呵呵呵。哈哈哈哈！」

像這樣放聲大笑。

笑聲相當尖銳，如同漫畫中的反派。

「妳實在太天真了啊，崩子妹妹！妳不知道嗎？戲言玩家早在我們綁架妳的時候就被殺了啊！」

「啊、啊啊？」

她終於明顯地露出了動搖的神情。

人識一聽就知道那只是承包人的惡作劇，雖然對於她這樣的舉動感到啞口無言，但也見識到闇口眾傳說中的忠誠心。

（這對那個不良製品來說應該是一種困擾，明明還活得好好的——即使如此他仍是被愛著的。）

人識覺得有些忌妒。

而對著那樣的他。

「沒錯吧！人識？我為了能更輕易的綁架崩子妹妹，所以把小哥給殺了對吧？」

哀川潤尋求他的認同。

並且投以『你這傢伙最好配合我喔！不然就殺了你！』的視線，她帶來的壓力之大可想而知。

「……啊啊，沒錯沒錯，他死了。」

心裡雖覺得荒唐，但若因此喪命也太不值得了，為了自己，人識只好順著話說下去。

「他到最後還是很帥氣喔。『崩子的命由我來守護！雖然只是戲言！』好像是這麼說的吧——」

人識特別維持他酷酷的形象，這應該算是一種用心吧？

「是是是，好的。」

像這樣。

依舊開著窗外，伊織竟然（在如此的時機）插了話。

真是個令人跌破眼鏡的女人。

「把他的五臟六腑全都絞碎成香腸的內餡一樣，全身大量出血就像是在做墨跡測驗耶！最後屍骨無存，死狀相當悽慘啊！」

「…………」

「…………」

「…………」

哀川潤、闇口崩子、零崎人識。

三人同時都沉默了下來。

竟然能把一個從沒見過的人說成這樣，人識再次對於伊織的自由奔放感到驚訝不已。

「……唔，有到那種程度嗎……嗯嗯，我記得手法應該更低調些啊。」

就連哀川潤都被嚇著了，她急忙換了個話題。

「這種時候該怎麼辦呢？」

——她這麼說。

「如此一來——與崩口妹妹相關的人就一個也不剩，這樣也無所謂嗎？」

「……這種事。」

「這樣還是與妳無關嗎？如果妳能接受也沒差啦！只不過，如果是我的話，基本上我都會這麼說——與我有關！」

將想說的話都說完了，她或許得到滿足了吧？哀川潤從崩子面前離開，回到原來的位置，和先前一樣威風凜凜的坐了下來。

理所當然地翹起腳。

從人識的方向可以看到登山鞋的內側。

「妳放心，崩子妹妹——剛才不也說過了嗎？我不會把妳給吃了。站在那裡的人識或許有那樣的打算，但我可完全沒有那個意思。」

「我也沒有好嗎？我喜歡的，是漂亮的姊姊！」

「妳這樣說，不就是在跟我告白嗎？零崎人識——咯咯咯，不過啊，崩子妹妹，我真的只是不想讓小哥打擾我們的綁架行動，他是一定不會同意的。」

「……所以就殺了他？」

「不，我沒有這麼做喔！」

崩子似乎對哀川潤輕浮的言詞懷抱疑惑，她臉色一變，態度顯得積極——哀川潤也因此無法再繼續她那些不負責任的回應。

「小哥在某些時候異常的天真。他如果說要和妳一起行動，我才覺得困擾呢！更何況，妳現在應該不是擔心這種事的時候吧？」

「所以呢——」

聽到自己的『主人』依然健在，精神狀態好像也恢復了平衡——崩子低聲地說。

「——妳想要我怎麼做呢？」

「嗯？這是什麼意思？」

「如果不是要對我做什麼——那就是有求於我不是嗎？而且，目的地是我和萌太的故鄉大厄島，我也不是完全沒有想法——」

「挺聰明的嘛！」

哀川潤說完，將手枕在後腦杓下方。這個舉動更顯得她的高高在上。

「我需要崩子妹妹幫我帶路。畢竟大厄島是闇口眾的一大據點，帶著神祕面紗的巨大密室——如果沒有嚮導，是很難達成目的的。而崩子妹妹在十歲以前都是在島上長大的，照理說應該像是自己家後院般熟悉吧？」

「……就因為如此為所欲為的理由，竟然把離家出走的我給抓回島上。我如果再也回不去戲言玩家哥哥所在的京都，妳有辦法負責任嗎？」

「責任？誰管妳啊！崩子妹妹，我的所作所為不都與妳無關嗎？」

「…………」

如同孩子般的言行舉止動，令崩子啞口無言。

哀川潤繼續說。

「不過，妳也用不著擔心這件事吧？崩子妹妹不是在之前的戰鬥中，因為闇口濡衣這傢伙，失去了戰鬥技能嗎？」

聽她這麼一說。

崩子陷入了更深的——沉默。

這也是理所當然的。

人識雖然也不是很清楚，但據說這件事和先前不斷提起的，石凪萌太的死有關。同父異母的哥哥之死所帶來的衝擊。

崩子——就此失去了『殺之名』該有的技能。

若不是如此，即使有病在身，就算是人識和伊織兩人聯手，也不可能如此輕易就將她給綁架過來。

而綁架和誘拐，比起殺人鬼，本來就是暗殺者，闇口眾的專業領域。

「達成目的……哀川小姐是這麼說的，沒錯吧？」

經過了一陣沉默，終於——崩子像是在確認什麼似地開口詢問。

「我知道再怎樣尋求說明都是沒用的——如此的情況下，我也只能聽從你的命令。但既然要幫妳帶路，我至少得知道一些相關的訊息吧？」

「啊啊，是這樣嗎？嗯——或許可以讓妳知道喔！說不定崩子妹妹的態度就會一反目前的諷刺和消極，進而打從心底的幫助我也是有可能的！」

無視於崩子的疑惑。

「是受到美少年的委託喔！」

哀川潤接著說。

「『請幫我取回在離家時留在老家的那把，如同自己的分身般愛不釋手的武器，工作時所使用的死神鐮刀。』——萌太是這樣拜託我的。」

「死——死神鐮刀。」

「因此，我接受了那個委託。」

第三章

「如果做不到當然做到比較好，但如果是無法做到的話，也不需要做到。」

◆　◆

殺人鬼・零崎人識。

殺人鬼・無桐伊織。

承包人・哀川潤。

暗殺者・闇口崩子。

若提到特色，這世上絕對沒有比他們更有特色的組合，但像這樣的組合要潛入大厄島，其實存在著幾個大問題——不，既然決定要潛入闇口中的重要據點，就已經沒有問題大小之分，首先遇到的第一個問題就如同高山般佇立在眼前。

如果要幼年時期曾待在島上的崩子來說。

「至少在我所知道的部分，除了闇口眾內部的人員之外，入侵島嶼的外人——自從闇口眾在島上活動以來，只有一次活著成功的紀錄。」

像這樣。

「我離開島上已經三年——不過才三年，記錄應該沒有更新的可能。」

「這樣啊！我就會是那第二次。」

崩子的口氣帶有威脅的意思，但哀川潤卻絲毫不予理會，接著像是突然想到了什麼般。

「話說回來那第一個侵入者是誰啊？」

她提出了問題。

崩子稍微遲疑了一下。

「六何我樹丸。」

最後還是開了口。

「我和萌太的父親。」

「…………」

「而且就是在三年前。長年行蹤不明的他突然回到了大厄島——他以前就和闇口眾的女人……闇口憑依有男女關係，入侵之後也成為了闇口眾內部的一員，嚴格來說，並不能算是外部入侵者。」

先不論這些。

茫茫大海中的孤島，從海上入侵是很困難的——對此的警戒絕對是嚴密的。

因此才會採用中型的輸送直升機。當然，它不具備武裝——但對手如果是與近代兵器，尤其是火炮類型的武器無緣的『殺之名』，被擊落的可能行相對較低。

總之。

最後都會由降落傘——著地。

從比一萬五千公尺再低一點的高度，隨意找個地點從直升機上一躍而下。

（——不。）

（這在坐上直升機前往孤島前就料想到了——）

這方面一行人當然也有所覺悟。

但問題就在這裡。

問題發生了。

「欸——」

闇口崩子她。

故意用孩童般的口氣說。

「妳都是人類最強承包人了，降落時還需要降落傘？其實妳也不怎麼樣嘛！」

「…………」

這是崩子在半強迫，不，完全非自願的遭到綁架，還被帶回自己極力想要逃離的老家後，所做出的反叛——如此的嘲諷都是因為對方不對。

對方太差勁了。

但有關差勁或是糟糕透頂等字眼對她來說算是禁忌——因此，應該這麼說才對。

對方太強了。

「咯咯咯——怎麼能被妳看不起呢？」

哀川潤把背上的降落傘給脫了下來。

「當然不需要降落傘啊！這種高度對我來說沒什麼大不了的。」

這麼輕易的就受到煽動啦！

人識還沒來得及說出這句話，哀川潤已經做出了下一個步驟——將手腳受到拘束，無法動彈的崩子，像剛才脫下來的降落傘似的，一把揹了起來。

「欸？欸？欸？」

崩子完全沒預料到自己的一句話竟會招來如此後果，哀川潤根本不給她反應的機會，持續進行準備工作——

「人識，快用病蜘蛛傳授給你的技術，把我跟崩子妹妹給纏在一起，確保中途不會分開。」

「中途，妳該不會？」

「不，不會吧……」

「中途就是在空中的時候啊！」

沒想到會受到牽連，崩子一臉慘白。

但在手腳無法自由活動的情況下，她一點辦法也沒有。

「如果放妳一個人，妳一定會想辦法逃跑的啊，崩子妹妹。」

「不、不會。我不會逃的。」

「不不不，我一定要近距離的讓妳知道我並不是妳說的膽小鬼！」

「我、我不過就是個小孩，小孩說的話可以不要當真嗎？」

崩子的死命抵抗全都被忽略。

事情怎麼會變成這樣？

如此的情況對人識來說也相當意外。

「……我是不打算阻止妳那些誇張的行動啦，但這樣真的好嗎？」

「啊？當然好啊！少看不起我了！還是你也想要一起飛啊？」

「不，我不是那個意思。雖說是親自傳授，但我的曲弦線跟病蜘蛛的曲弦線不太相同，有稍微經過改變——而且這完全是為了對付出夢的『一口吞食』硬想出來的對策。」

但直到最後，卻沒有在出夢身上施展這個技術——回想著幾年前所發生的事，人識的雙手同時就定位。

戴著手套。

兩隻手——纏繞著看不見的細線。

準備完全。

「這就是零崎流的曲弦線。以技術來說，特別強化在殺人用途——當然可以用來拘束別人，不過，只要我的手稍微失控，妳和那孩子就會輕易地被大卸八塊。」

「沒關係，我相信你！」

這句話也說得相當乾脆。

對於幾天前襲擊自己的對象，而且還是個殺人鬼，說出如此的臺詞，聽起來或許有些愚笨——

（…………）

（她一定——想好了其他反擊的招數。）

算了吧！

一想到這裡便殺意全消。

聽從哀川潤禁止殺人鬼殺人這極不合理的要求——好像也不是因為如此。

「而且啊，人識。我可知道更強的殺人用途——大量殺戮如同地獄般的曲弦線喔！那原本也是遊馬傳授的技術——但如果你真有那個意思，就放馬過來吧！那好像也挺有趣的！」

「……真是傑作！」

人識不打算多做議論——他動了動手指。

市井遊馬。

透過哀川潤過去的朋友習得的技術——使出了拘束用的技術。

實際上，目前人識的曲弦線並沒有殺人的能力——

「等、等、請妳等一下，可以聽聽我的意見嗎？」

不過，崩子的抗議可以說是自作自受，人識根本不想多做理會。

接下來的發展極為單純。

哀川潤聯絡駕駛艙，打開貨物室的艙門，替代降落傘（完全沒有降落傘的功能），揹著闇口崩子，以超過一千零八十度的瘋狂迴旋——降落。

在大厄島上著陸。

◆　◆

零崎的『兄長』零崎雙識根本沒有時間能好好談論那件事，而目前零崎的『兄長』零崎人識同樣也沒有深入討論過——無桐伊織。

伊織其實有一個具有血緣關係的哥哥。

並不是零崎的『兄長』。

正確來說也不是『有』而是『有過』，應該用過去式來表現才對——那都是因為，她的哥哥無桐劍午，受到伊織『零崎化』所牽連，失去了性命。

她們兄妹的感情並不好。甚至可以說是交惡。

伊織總是被欺負。

因此，伊織對『哥哥』稱謂絕對沒有好印象——這麼說來，零崎雙識這個變態的代名詞和任性的象徵零崎人識可以說是完全顛覆了那個存在。

總之。

說得明白點，伊織非常討厭劍午。

雖然討厭劍午——與他相關的記憶也不全都是壞的。

「伊織——」

劍午說。

這是什麼時候的事呢？

「——該怎麼說妳才好啊——永遠像個半調子。」

「……啊？」

她還記得自己做了這樣的反應。

當時，差點被脫掉的針織帽兩側，自由活動的雙手還能做出正確的抵抗。

「不是啊，在我看來——妳總是像在逃避什麼似的，不論是困難還是機會。」

「那個——我其實……」

無法反駁。

無法反駁。

在那討厭且令人畏懼的哥哥面前抬不起來頭，但這都是因為他所說的話總是戳中伊織的問題。

明明是那樣的粗暴、跋扈。

卻意外的——具有尖銳的一面。

莫名地擅長用一句話點破她所處的環境和狀態。

逃避。

對當時的伊織來說，完全就是命中核心的關鍵詞——

「但妳總有一天要面對的啊，一直逃避也不是辦法——就連妳目前為止所逃避的一切都是。」

「你、你到底在說什麼啊，哥哥？伊織並沒有逃避啊——」
雖做出了解釋，不過也只是謊言。
如今——更能明白那只是謊言。
痛徹心扉的瞭解。
從失去的雙手痛徹心扉的瞭解。
就像是幻肢痛一樣。
瞭解的代價未免也太高了，更無法挽回——那份無法挽回，還包括劍午的生命。
不。
那時候——其實。
心裡也明白得很。
即使如此。
「——我沒有。」
當時。
也只能這麼說。
「就說妳在逃避了！」
但劍午仍舊這麼說。
那是他在挖苦伊織時一貫的口氣。
「妳在逃避——妳在逃避我。」

「那——那都是因為你對我太過分了啊——不是嗎？」

「可能吧！但也不知到底是哪一件事造成的。就是因為妳一直在逃避，我才會忍不住想刺激妳啊！」

「那只是你的藉口吧！」

「也是啦——不過，那又怎樣？如果妳不能認同可以抵抗啊！據理力爭，不就只是這樣而已——但妳還是選擇了逃避。」

「……………」

「但事實上，不論妳怎麼逃，結局都是一樣的——地球就是圓的。世界就是個球體，就算妳逃得再遠——逃得越遠，距離也就越近——終究會追上妳的。妳總有一天會和自己的背影相遇。」

然而，像這樣意義深遠的談話——劍午說出這樣的話，機率真的少之又少——這都是因為所有的回憶正如同跑馬燈般掠過眼前。

在揹著降落傘降落地面的途中。

「嗚嗚……太可怕了，太可怕了，太可怕了啦！」

「如果是從噴射機上降落更可怕吧？有降落傘很安全啦！」

伊織的雙腳終於接觸到地面，像是在擁抱自己的身體似地發著抖。一旁的人識（整齊地摺疊自己所使用的降落傘）如此說道。

「你這麼說也沒用啊，人家就是沒有跳傘的經驗嘛！」

「正常來說都沒有吧?我……只是曾經做過類似的舉動啦!」

「真的喔?」

「是啊,那時候的狀況可是更驚險呢!從一架墜落中的飛機逃脫,都怪出夢那傢伙把引擎給弄壞了!」

「………」

伊織無言以對。

她再一次體認到,自己最新(第三代)的『哥哥』,之前可是過著波瀾萬丈的人生啊——不過,總覺得那些誇張的情節之中,都有『出夢』這個人物出現,是想太多了嗎?

「好了,接下來要怎麼辦呢?」

人識一面將眼神撇向遲遲無法站立的伊織,一面連她的降落傘都給折好,然後碎碎念著——人識和伊織的降落地點,看來是在深山之中。不過,島的大半面積都是山地,這也是理所當然的——據崩子的說法,這個大厄島上沒有一條鋪設好的道路。

「茂密的樹能夠遮住我就好了……但應該不太可能。如此大動作地降落,還在空中開降落傘,要找不到才奇怪吧?」

「……哀川姊姊和崩子掉到哪裡去了呢?看樣子不在這附近。」

「她們的降落速度那麼快,運氣好得話應該不會被發現吧……我們因為隨風飄移所以才會降落在同樣的地點。」

說著說著，人識折好了降落傘（巧手的男人），接著將它塞進登山用的背包裡。照理說應該不會再使用降落傘了，但基於自然保護的觀點，以及潛入行動的考量，總不好將它丟在原地。

「……不過，人識是笨蛋沒錯吧！」

「啊？」

完成了手邊的工作，人識正打算在布滿青苔的岩石上稍做休息，伊織卻突然若有所思的說出這樣的話。人識用力地瞪著她，然後說。

「誰是笨蛋啊，妳這傢伙……伊織啊，妳最近是不是有點太小看我了啊？」

「我說錯了。是誠實的笨蛋，這麼說才對。」

「沒有差很多吧？」

「因為啊，人識。真不知道哀川姊姊是怎麼想的，她比我們先出發耶，我們可以直接逃走啊，挾持駕駛員之類的。」

「……對喔！」

聽她這麼一說，人識抓了抓頭。

看樣子他是連想都沒想過——這麼說來「誠實」兩個字根本不需要，他就是個笨蛋。

伊織完全傻了眼。

「對喔！還有這個方法啊！啊哈哈，我真是本末倒置，竟然沒有發現！」

「啊？……我從以前就在想，人識身為哥哥卻一點都不可靠耶！如果是雙識哥哥，你想他會怎麼做？」

「少扯到哥哥了！而且你最好不要期待我會跟哥哥一樣——我本來就是零崎一賊的異類啊！」

人識露出了厭惡的表情。

他似乎還有些抗拒和哥哥這個角色——然而人識也很少將伊織當做『妹妹』看待。因為沒有血緣關係，仔細想想這也算合理。

但就是覺得悲傷。

並不是伊織。

而是只能**像這樣**與周遭的人相處，無法與人相對的零崎人識——令人感到悲傷。

事實上。

伊織到目前為止，只聽過人識熱絡的討論過三個人而已。

第一個人，是先前出現過的匂宮出夢，『殺之名』排行第一，屬於匂宮雜技團（伊織對於他的事還不甚瞭解）的殺手。

另一人就是那位美少女・闇口崩子的主人（這到底是什麼意思？）『不良製品』，別名戲言玩家，除此之外還有許多稱號的那位——說實話，從未聽過人識稱呼他的本名。

而最後一人就是——零崎雙識。

雖然不是批評就是在說他壞話——但就是因為親近，人識才會這樣說他。零崎一賊之中，只有雙識才算是他的家人——這樣的臺詞，不知道聽了多少次。

「……不然就是玉藻小姐和軍師，也曾經出現在的談話裡，但他們倒不像是親近的關係。」

「啊？妳在說什麼？如果想說什麼，就大聲一點啊！」

「不不，我沒什麼想說的。伊織是個安靜的孩子。若用花來做比喻的話，應該就是梔子花（註1）。」

「是喔……回到剛才的話題，沒錯，如果是哥哥，他一定會很開心被哀川潤揹著從直升機上跳下去吧！」

「啊，是這樣呀。雙識是哀川小姐狂熱的支持者——話說，先不管哀川姊姊有沒有被找到，她們真的沒事嗎？如果是哀川姊姊，感覺不是著地而是墜地啊！」

「誰知道。說不定，」

人識用手拍著下方的岩石。

「撞擊在岩脈上，已經粉身碎骨了呢！那可會真的一身血紅喔！」

他說。

『那個人類最強，肯定會沒事的。』伊織還以為他會像這樣做出回應，這令她有些意外。

1　梔子花，原文為「クチナシ」與口無し「くちなし」同音，意思是指不多話。

人識或許是察覺到了吧？

「怎樣啦！」

他說。

「少誤會我了！伊織——人都是會死的，而且還相當簡單輕易，活著的人死去是很正常的啊！我們殺人鬼，即使沒殺害彼此，也都會死啊！哥哥和老大還有曲識哥，全都強的不像話，最後還不是死了。怎樣都殺不死，好像擁有九條命的出夢也是。崩子的哥哥，石凪萌太，明明是死神還不是難逃一死？」

「嗯——你說得沒錯。」

「對吧！大家會死去，就算是哀川潤也不例外。如果殺了她，同樣活不成，只是沒殺她而已——無法選擇的被生下來，然後莫名其妙的死去。」

「…………」

「當然，我和妳也都會死，啊哈哈。」

說完——人識笑了。不知道他是什麼心態，但似乎笑得很開心。

伊織她。

與原本的家人死別，接著目送零崎雙識離開人世——與人識共同行動了好長一段時間，而人識也對（本來是沒有關係的）伊織非常的好——不過。

極端的。

人識仍舊拉起了一條線。

沒有人能再跨進線內——任何一步。

無意中就是有這種感覺。

看到人識就有這種感覺。

（這個人。）

（隨時都有可能從眼前消失——）

（——總有一天，會消失不見。）

忍不住會這麼想。

事實上，人識已經消失過一次了——況且，「不要以為我永遠都會在妳身邊。」「我一定會離開。」「妳趕快想辦法自力更生！」，人識總是把這些話掛在嘴邊。

關係。

以目前的關係不會持續為前提——他就是用這種方式活著。

這部分就和雙識完全不一樣——雙識（他的方式也有些問題沒錯。）是屬於想要深厚關係的類型。

對伊織。

他也採取才取同樣的方式。

（某程度上可以說是害怕受傷害。）

（人識過去曾在人際關係上失敗過——）

若真是如此。

若真是如此——那是與誰的人際關係呢？
匂宮出夢嗎？
還是『不良製品』？
零崎雙識——應該不會是他。
（…………）
「……話雖是自己說的，但心裡還是覺得她會沒事啊。」
好像是看到沉默的伊織，才發現自己話說得太重了，人識默默的打了圓場。
如此的顧慮一點都不值得高興。
這正表現了目前人識與伊織間存在的距離。
（以我的立場。）
（倒是想和他再親近些。）
「她不是從那種高度自由落下就會死掉的人啦！雖然不像自由落下這句話那麼自由，既然是人類最強——就會符合那個名稱啊！」
「好吧……那麼，我們零崎隊現在應該怎麼辦呢？」
「但無論如何……嚮導都不在啊！在這座山上，輕舉妄動很容易出事的，這座山。幸好人類最強並沒有下達『下一個指令』，就暫時在這裡打發時間吧！」
「嚮導……是指闇口崩子嗎？她好可愛喔——對哥哥來說應該是理想的妹妹吧！」
如果我像那樣的話，你應該會再多疼愛我一點吧？如此的意思在那句話裡表露無遺，但人識不知道是察覺到了她的思緒，還是直接忽視，他說。

「是這樣嗎？誰知道啊！」

話題就這樣繼續進行。

「……不過啊，伊織，妳真的沒問題嗎？」

「啊？」

「少裝蒜了！先說一聲，我在那方面很遲鈍，妳不說我是不會知道的。所謂的殺人衝動嗎——那種東西，應該已經在妳體內累積不少了吧？」

沉澱堆積。

人識特別舉了容易理解的例子——伊織的答案卻依然「顧左右而言他」。

「是喔，好吧，沒有最好——如果妳說的是真的。」

「……我確實經歷過一些事——身體也是由很多東西組合而成，不過，我還是我。至少，在你們——和早蕨三兄妹戰鬥時那高傲的我，已經不存在了。」

「……喔。妳雖然零崎化，但與零崎卻沒有太多接觸。在這層意義上，或許算是——進行緩慢的。」

就連說話的人識本身也不太瞭解，這曖昧的言語。這麼一提，雙識好像也曾經說過類似的話——真的是這樣嗎？想不太起來。

「這樣啊，那也沒關係啦！」

人識說完——視線悄悄地從伊織身上移開，看著被手套覆蓋住的手掌。

直盯著它看。

「**如果真是如此——該擔心的應該是我自己啊**。」

他說。

「…………？」

伊織眉頭皺了一下。

這真是不可思議的臺詞。

「那個……欸？你不是說自己在零崎中的位置比較特殊，在那方面的反應不大嗎？」

「嗯？啊啊，不是那個意思啦！必須擔心我自己的意思——算了，這件事和伊織無關啦！」

像這樣。

就在人識說出這句話的當下。

無關——在說出這句話的當下。

「…………！」

殺人鬼——零崎人識的表情一變。

他從岩石的青苔上滑了下來，翻了一圈，在一個說不上理想的地方落腳——轉向背後。

然後。

狠狠瞪著——那個方向。

伊織也像是忘卻先前雙腳發軟不停顫抖的自己，一股腦地站起身，追蹤人識的視線——那裡。

那裡究竟有什麼？

一位少年——

一個人站在那裡。

年齡與人識和伊織相仿——他站在那裡。

並未仰賴樹叢及岩石的遮掩。

就這樣站著。

渾身散發著殺意。

就這樣——站在那裡。

「…………」

伊織——雖然才剛被喚醒，雖然一賊母體已經遭到全滅，但仍是個零崎。

對殺意的敏感度還是有一定的自信。

與早蕨三兄妹戰鬥開始後的這幾個月。

光靠這個感覺——伊織存活了下來。

而現在，人識——就是察覺到了少年的殺意，所以轉過身。

不過。

不過——能夠斷言的。

即使自己和人識都不算是標準的零崎——但一定能察覺到那少年的殺意。

而他同樣沒有隱瞞的意思。

那等身大的殺意。

「自、自、『自殺志願』、『自殺志願』……啊！穿的是登山褲而不是短裙所以無法把『自殺志願』拿出來啊！」

「……從下往上拿吧，伊織。」

單手制止了伊織因為突如期來的緊急情況而做出的蠢事——人識往前踏出一步。

「妳還是快逃吧！看來只能拖延一點時間——」

「欸，人識——」

「快！」

人識發出了怒吼。

不過伊織仍然不為所動——她無法選擇丟下人識，一個人逃跑的選項。

因為，逃走。

逃避這件事。

我再也不會重蹈覆轍了——

「……也沒什麼啊，反正不是死就是活。」

就在這個時候。

伊織和人識的對話被切斷了——

少年開口。

「說不定我是來幫你們的。這裡是外地人爬不上也下不來的地形——就連本地人也只有我敢接近。真是的，該算你們運氣好還是不好呢——」

沒有抑揚頓挫，平淡的聲音——或者應該說是毫無情緒的照本宣科比較正確，像是人聲又像是機器發出的合成音，相當機械性，那人工的——說話方式和音調。

一聽就令人感到不安。

無法保持冷靜。

那種的存在。

那樣的少年。

「——**這東西**也只是為了晚餐的鹿肉才帶在身上的。請你們不要介意啊——零崎一賊的倖存者們，零崎一賊的，殘骸。」

這東西。

少年用稀鬆平常的口氣所敘述的——是他扛在右肩上，完全不符合身材比例，巨大的——鐮刀。

上頭布滿圓形的花紋。

「我是石凪砥石——不死的死神喔。」

◆　◆

睽違三年，崩子再度回到了自己生長的故鄉大厄島——本來是再也不打算回到這片土地，那不願再提起的故鄉。

被茫茫大海所包圍的環境。無以撼動的大自然。險峻的山脈。

位於北國，卻屬於溼熱的亞熱帶氣候，整年大半時間都在下雨的天空。

這些全都令她感到厭惡。

「…………」

因此，雖然是被綁架，如今再度踏上這片土地，她的心情除了嫌惡或是憎恨，應該還有更多難以言喻的波瀾才是——

不過，事實卻不然。

或者該說。

現在完全不是考慮這些事情的時候。

「……這就是，人類最強。」

一個人呢喃著。

一面發著抖——自言自語。

對於眼前那不可思議的光景——自言自語。

從中型輸送直升機上一躍而下，身上沒有降落傘，就如同進行無繩的高空彈跳般的哀川潤和闇口崩子，竟在落地的瞬間就被闇口眾給包圍了。

依據崩子有限的情報，居住在這個島上的闇口眾，包括分家、本家和關係人，總數大約兩百餘名。或許有增有減，但差距應該不會太大才是。

以島的面積來說，人口絕不算多，不過島上幾乎都是難以通行的山岳地形，能夠容納這樣的人數或許已經算是極限了。

雖然不願意承認——但因為闇口眾那非比尋常的警戒心和排他心，他們立即對哀川潤和闇口崩子的侵入採取了行動，派出三十人前往降落地點。

兩百多人中的三十人。

人識的推測，沒有使用降落傘所以不容易被發現的理論可以說是完全小看了闇口眾。

順帶一提，她們降落的地點，是在大厄島上水量最豐沛的瀑布，池穴的正中央。崩子雖然討厭多雨的大厄島，但在這時侯，她不得不感謝起島上的濕潤氣候。

超乎正常高度的彈跳。

著地點若是地表的話絕對必死無疑——不像是計畫好的，就連瀑布的位置都不知道的哀川潤，不可能從一開始就決定要在水面降落。

光是這點就已經夠令人震驚了。

沒想到——還不止如此。
兩百多人中的三十人。
哀川潤——竟把那三十個人全都擊敗了。
「嗚哇啊啊啊啊啊啊啊——」
像這樣。
放聲大笑——看起來十分開心地，將三十人，一個一個踹進池底。
落花流水。
如同字面上的意思，雙手都還插在口袋裡。她穿得不是高跟鞋而是登山鞋，這點對闇口眾來說不知道是好事還是壞事。
當然，她很瞭解。
『殺之名』的人——過去引發『大戰爭』直接原因，就是不需吹灰之力就能使世界走向滅亡的沙漠之鷹——關於那人類最強的承包人，她有一定程度的瞭解。
幾個月前才一起行動過。
不過——親眼目睹她的戰鬥情形，才發現等級完全不同。雖然在那被踢飛的三十人之中，只有幾個人是闇口眾本隊的指揮官——但能在這個島上的人，全都是能以一擋百，一流的戰士啊——沒想到。
什麼一流。
什麼以一擋百——最後也只是最強的代名詞。

總之——看到那暴虐的姿態。

先不提崩子對故鄉的憎恨和厭惡——她甚至連近鄉情怯的感受都無暇去理會。

「崩子妹妹，妳可以出來了喔！」

確認掉進池底的那三十個人沒有再浮上來，哀川潤轉向躲在岩石後窺探她戰鬥的崩子，開口和她說道。

兩個殺人鬼都不在，哀川潤又在戰鬥中（發狂狀態），她也不是沒想過要趁機逃跑，但身在這大厄島，如此的行為並沒有任何意義——不，對崩子來說，這一切行為本來就和自殺沒什麼兩樣。

雖然在闇口眾本家出生。

但已經拋棄身分的崩子——在這個島上可以說是孤立無援。

「…………」

再說。

她也不認為哀川潤和那兩個殺人鬼——會是自己的同伴。

「……哀川小姐。」

崩子緩慢地站起身——因為沒有時間幫崩子準備適合登山的衣服，只有她身上還穿著洋裝和涼鞋這種不可能出現在深山中的打扮——雖然目前沒什麼大礙，但掉進瀑布裡的時候，白色的洋裝緊貼著身體，行動十分困難——因為墜入池中的衝擊，受到拘束的手腳確實獲得了解放，崩子因而獲得自由，不過被綁住的部位還痛痛癢癢的——

她走近哀川潤，然後問。

「萌太真的有……委託妳嗎？」

「欸？啊啊，那件事啊。」

哀川潤全身都濕了，於是她粗暴的甩動身體，可能是想把水分給甩掉吧？現在只剩下紅色的長髮還沒完全乾燥——如此的乾燥方式實在太驚人了。

就像是狗從水中上岸，會先在岸邊甩動身上的毛那樣。

（——不。）

（我——才是狗。）

（是我——）

即使如此，卻無法做出那個舉動。

心裡是很想趕快將身體擦乾，好不容易才康復，不能再感冒了。

「啊啊，是真的啊——我和妳那戲言玩家哥哥不同，幾乎不會說謊的。小哥和妳們兄妹一起潛入橙百合學園的時候，不是被什麼空間製作給分散了嗎？崩子和小哥，我和萌太，他就是在那時候跟我說的。」

「……萌太，真的要妳那麼做嗎？」

處刑鐮刀。

死神鐮刀。

那確實。

是哥哥，石凪萌太在還是闇口眾工作的時候──代替崩子工作的時候──所使用的武器。

身為石凪──身為死神。

做為闇口──做為暗殺者。

肆無忌憚的揮舞過它。

「真是個令人摸不著頭緒的傢伙耶！算了，我也**事先收到了酬勞**──既然身體恢復了，當然要執行任務。」

「酬勞？」

萌太有支付酬勞的能力嗎？崩子歪頭思考著。不論是時間還是金錢，他都沒有那種餘裕才是啊！

離家出走的生活，一直都相當吃緊。

崩子甚至說不清自己到底和淺野美衣子和『戲言玩家哥哥』借了多少錢。

「……不，比起這些，哀川小姐──雖然算是康復了，但妳不是說過──自己只能發揮兩成的力嗎？」

「嗯？啊啊，沒錯沒錯。差不多就是那樣──所以才會請人識和伊織幫忙啊！不過妳大可放心，我不會叫失去戰鬥技能的妳幫忙啦──崩子只要負責帶路就行了。指引方向，還有傳達聯繫。」

「那叫做兩成……妳實在太驚人了……戲言玩家哥哥為什麼能毫不畏懼的與妳相處

呢？說實話，我現在怕妳怕得不得了——」
「小哥本來就不是一個會向暴力低頭的男人啊！妳知道嗎？那傢伙，不管被揍得多慘，都不會閉上眼睛喔！」
「那——」
她知道。
崩子心裡清楚得很。
即使拿刀指著他的時候——『他』也沒有把眼睛閉上。
眼神絲毫沒有飄移。
「——是這樣沒有錯。」
「我是很欣賞他那個部分啦，但崩子妹妹一定覺得那樣很危險吧？看人識就知道了吧？」
「嗯？人識——是那位臉上有刺青的人嗎？他和戲言玩家哥哥是什麼關係啊？」
「關係？關係可大了。」
哀川潤詭異地晃動著肩膀。
「是表和裏，一體的兩面。」
「…………？」
意義深遠的那句話，到底是什麼意思？以年齡來說，那殺人鬼與崩子的『主人』確實差不多——而『主人』也不止一次地提及零崎人識這個名字——不對。

這一點也不重要。

現在應該有更需要在意的事。

至少，為了能平安無事地回到『主人』身邊——必須要先確認一件事才行。

「回到先前的話題——哀川小姐，如果那只是兩成，代表妳完全復原的時候——就能發揮五倍的實力囉？」

「……唔，用數字來算的話應該沒錯。但事實上並不能用數字來計算啦……那又怎麼樣了嗎？」

「沒什麼——只不過，我想知道妳為什麼不等到完全康復再執行任務呢？即使是真心小姐所造成的傷害，過完年應該就能恢復，那時候完成萌太的委託也不遲啊？」

「美少年的委託內容，在期限上確實沒有嚴格的規定——不過，既然都解決了小哥和我那惡劣父親那件事，所以也覺得時間差不多啦！」

「差、差不多？」

「重點就是興緻啊興緻。」

咯咯咯！哀川潤戲謔地笑了——雖說不是在開玩笑，但從她笑聲可以感覺到說是一目了然。

不過，實在是難以置信。

難以置信的一句話。

興緻？

只是因為這樣？

崩子無法理解。

如果**那樣**真的只有兩成——說不定。

（說不定——）

（如果完全恢復的話，哀川潤說不定可以打敗**那個男人**啊——）

（那個不知道失敗為何的男人——）

「說實話啦，崩子妹妹。」

崩子稍微露出了落寞的神情——而哀川潤像是不願錯過她可憐的動作，又像是看穿她的心思似的開了口。

「兩成是騙人的。」

「欸？」

那句話使得崩子精神一振。

「騙、騙人的？」

「是啊。覺得隱瞞會比較帥氣，所以才沒說出來，但還是決定只跟妳一個人說。」

「妳不是說——自己很少說謊嗎？」

「很少又不代表完全不會！在被那對笨蛋組合襲擊的時候，真的只恢復了兩成而已。」

「那、那……」

雖然不到——完全恢復的程度。

不過幾天的時間，但她很有可能從與闇口眾三十人的戰鬥之中，找回原來的手感，回復到三成或是四成，甚至有到五成——

「現在又少了一成。」

哀川潤說。

「情況有點糟糕。」

「……什麼？」

這才叫做很少會做的事——無論如何都不會在『主人』面前，若是真的在他面前露出了這樣的表情一定立刻自盡——啞然的崩子，無法將嘴閉上。

「欸？欸？欸？不、不過——哀川小姐，不是沒有一個人攻擊到妳嗎——」

即使如此。

在崩子看不到的地方，哀川潤受到闇口眾三十人的攻擊嗎？

如今失去戰鬥技能的崩子，或許無法準確的看到『殺之名』等級的所有攻擊——但是。

「不是因為那些人好嗎！」

哀川潤看著池面，像這樣否定。

崩子也跟著看過去，剛才掉進湖中的三十人仍未見浮起的跡象。

「減少一成，是在那之前的事。」

「之前？」

該不會。

根本連想都沒想過。

只能說太出乎意料了。

「當然是因為剛才沒有降落傘的彈跳啊！墜落水面的時候傷到了骨頭。」

「……骨，骨頭！」

「本來打算要完美入水的——沒想到稍微錯過了時機。真是失敗啊！全身大概有十三處骨折吧？之前治好的地方也都也都壞得差不多了。生命值現在完全是紅色，燈號還微弱地閃動著。」

果然與一般的高度的規模不同。

這無法和一般跳水相提並論。

怎麼可能——毫髮無傷呢？

「妳、妳真的是——笨。」

妳是笨蛋嗎？差點要脫口而出的時侯——她停住了。

雖然從沒想過哀川潤會受到煽動，但造成她放棄降落傘的人其實是她自己。

而且——毫無選擇餘地的，她知道。

人類最強承包人哀川潤目前身體多處受傷——崩子卻只是全身滲透的程度，完全沒有受到一點傷害。

即使失去戰鬥技能，並不代表肉體強度也受到影響——不過，以目前的條件來說，事實其實很明顯。
崩子的毫髮無傷，全是靠**哀川潤的保護**——一定是因為這個原因。
「…………」
不對。
她一開始就不應該揹著崩子跳下直升機。
（就如同戲言玩家哥哥所說的——）
（她是個——擅於滋生事端的麻煩人物。）
但我確實受到了她的保護。
不由得——這麼想。
我到底，受到了多少人的保護啊——萌太也是。
（萌太也守護了我——）
「還有，我的 iPhone 泡水了，害我的精神層面也受到了打擊。」
「那、那只是妳自己不小心吧！」
「咯咯咯！」
哀川潤笑個不停。
「不過啊崩子妹妹，或許現在沒那個心情，但妳要不要抓住這難能可貴的機會呢？只負責帶路，妳一定覺得很無聊吧？不管妳是離家出走還是怎樣，在一旁呵護備至的哥哥已經不在了，不要只想著要逃跑，是不是該趁這個機會好好面對自己的血緣和家庭了啊！」
「妳說我在逃跑？」
逃跑？
逃避？
從自己的故鄉——血緣。
逃離這座島嶼？
「至少啊！」
哀川潤啪的一聲，像是在撫摸她如同緊貼地洋裝般濕透的頭髮，將手放在崩子的頭上。
那力道和方式。
絕對稱不上溫柔。
「如果妳把小哥當成萌太的替身，我可是會生氣的！」
「…………」
面對哀川潤驚人的發言，崩子雖然表現抗拒——但在她作出反應之前，在她提出反駁之前，如此的場面和對話都被迫中斷。
不得不暫停。
當然，就算不是如此。
她依然無法做出反應，也無法反駁。

這是她連自己——都沒發覺的事實。

「——好久不見啊！」

回過神，那女人已經出現在池中。

持鐵扇穿著和服的女人。

她為什麼會出現在那個位置——不，她是什麼時候跳進去的——至少剛才將視線投向池面的時候，她並不在那裡。但現在，她卻站在池中的大岩石上，腳上踩著草履鞋，面向哀川潤和闇口崩子的方向。

那個女人。

有關那個女人。

崩子——沒有忘記。

她記得那無蹤無息，突然現出身影的技術——以及『空蟬』。

不論過了三年還是多久，她想忘都忘不掉。

畢竟她是——讓闇口崩子這樣的存在，誕生在這世上的女人——

其實——早已有了覺悟。

聽到目的地是大厄島的當下，她就做好了覺悟——自己可能會遇到那些**絕對不想遇見的人**。

不過。

沒想到——竟會如此突然。

（——不。）

（這個人——不論什麼時候都是一樣突然。）

這就是她固有的技術——『空蟬』。

闇口眾大厄島首領代行。

暗殺者——闇口憑依。

「唔……唔。」

崩子好像有什麼話要對站在石頭上的憑依說，她張開了嘴——不過。

穿和服的女人——讓憑依說出「好久不見」的對象，並不是闇口崩子。

她的視線直接穿過崩子——往哀川潤的方向看去。

「我記得妳啊，哀川潤——死色真紅。五年前，妳曾經干擾了我的工作。比起那個時候，妳的名氣提升不少啊——不，應該說妳的實力終於趕上了妳的名聲。」

「……妳是哪位？」

哀川潤露出了嘲諷的笑容——朝著憑依的方向，輕輕地用手指著她。

「不好意思喔，除了朋友以外的人，我都記不太起來。我們有在哪交過手嗎？」

「——我想有吧！那時候的我不過只是個暗殺者，對妳來說，也只是無數戰鬥經驗中不足為提的一人。」

彼此彼此——而已。

交雜著嘆息，憑依語帶憂鬱地說。

對著哀川潤。

而不是崩子。

不是自己的——親生女兒。

「——不如就由我來幫妳帶路吧？死色真紅，妳終於大駕光臨。」

「啊啊？這是什麼意思？」

憑依提出的建議，令哀川潤有些疑惑，嘴脣不自然的歪斜。

或者應該說是挑釁的表情。

「這算是陷阱嗎？還真有趣呢！」

「陷阱……別開玩笑了。妳可是死色真紅，那種東西在妳面前沒有任何意義吧？我不喜歡毫無意義的戰鬥啊——不知道妳的目的為何，但我並不打算阻止妳……想必所有的警備對妳來說也形同虛設吧？既然濡衣不在，這個島上能夠打敗妳這名聲響亮人類最強承包人的存在的——也只有一個人。」

◆　◆

就這樣。

零崎人識和無桐伊織在石凪砥石的帶領下。

哀川潤和闇口崩子則是由闇口憑依引介。

他們都朝著——位於大厄島西南方的聚落中心的武家大宅——生涯無敗，石凪萌太和闇口崩子的父親，闇口憑依的伴侶，六何我樹丸的所在地前進。

第四章

「請容許我以明哲保身為由退出。」

◆　◆

就如同哀川潤的質問，闇口崩子確實從未親口叫過具有血緣關係的石凪萌太一聲哥哥。

萌太──她總是這樣叫他。

她不覺得這樣有什麼不對，甚至不認為這是一個問題──久而久之，一切變得理所當然，再普通不過了。

最後，石凪還是為了保護崩子而失去了性命──以前。

然而生前的石凪萌太，對崩子來說卻不是理想的哥哥。

她覺得萌太有些囉嗦。

從世間的評價看來，他是一個過度保護妹妹的哥哥，實際上，在兩人居住的古董公寓中，一談到對崩子的教育方針，總會遭來其它住戶的議論糾紛。

無論是怎樣的議題。

最後都是以萌太的意見為主。

（我不喜歡──）

（──他忽視我的意見這點──）

雖不到討厭的程度──但就是不喜歡。

只覺得很煩人。

譬如說，萌太一直不允許她打扮自己——除了化妝之外，華美的首飾不說，就連衣服到鞋子甚至是包包，所有細節都不放過，一一干涉。

因此，崩子總是一身樸素，穿著十分簡單。

即使整間公寓的女性住戶都覺得這樣完全白費了崩子可愛的外表——不過萌太對於自己的堅持從不讓步。

明明是一個身段很軟的人，個性上卻異常頑固，換句話說，說他是一個死腦筋不懂得變通的人。

……唉。

或許單純只是因為經濟上不允許。

所有的生活開銷都由萌太一個人承擔（萌太為了養活崩子，過著四處與人借錢，成天都忙於打工的日子），對此，崩子也覺得自己沒有立場抱怨而選擇順從——不過，這絕不是她想要的。

仔細想想從以前就是如此。

在這裡。

在大厄島的生活也沒有什麼不同——沒有人拜託他，石凪萌太卻將原本崩子應該負責的任務全都——

完全的奪去。

完完全全——一件也不留。

闇口憑依，『空蟬』憑依，生下崩子的親生母親，她輔助她的工作，全由萌太獨自接手，成為如今坐擁大厄島首領代行的地位，當時最受闇口眾矚目的戰士，她的搭檔。

都拜萌太所賜——

崩子從未被那些見不得光的工作髒了自己的手。

身為闇口眾的一員，從小便接受嚴格的訓練——實戰經驗卻近乎零。

當然，石凪萌太——他的出生和他的性格一直都算相當獨特——但既然出身於『殺之名』的世界，他同樣也是『殺之名』的一員。

一個專業的戰士。

對於殺戮行為本身不會有任何抗拒。

不想讓崩子工作——不想讓崩子傷害他人——這類的想法根本是不存在的。

因此——這些都只是過度保護的一環。

（萌太他——）

（他不願——**我**受到一點傷害或是失去性命。）

「殺人的人總有一天會被殺——傷害人的人也一定會受到殺害。我是這麼想的，崩子——妳明白嗎？」

無法理解。

崩子無法理解萌太所說的話。

闇口眾之中的闇口憑依，還有如同傳說般存在的闇口濡衣——她們不都在瘋狂的殺人嗎？

況且她們也都好好的。

更看不出會被殺害的跡象。

（那傢伙——）

（六何——我樹丸還不是一樣。）

（行蹤不明，完全銷聲匿跡，最後還是回到島上的——那個男人。）

活得好好的也就算了。

他還是生涯無敗呢！

（那麼——）

（像這樣潔身自愛——也沒有任何意義。）

無法理解。

不過，這對萌太來說是絕對的信念，不只是崩子，他自己本身也是徹底貫徹了不殺的精神。

這算是何其的劣勢呢？

身為專業的戰士，闇口憑依的助手，還是個死神——卻一個人也不殺。

崩子在大厄島的生活，坐如針氈。

擁有著戰士的實力而憑藉那份實力工作是理所當然的事。

闇口眾在決定了自己的主人後，便像是奴隸般侍奉主人。

不。

在崩子看來——完完全全就是個奴隸。

看著自己的親生母親闇口憑依這麼做——相當痛苦。

闇口眾所有的人。

打從出生就背負著如此的宿命，本來就是痛苦的。

然而——**只有自己和別人不一樣的情況**，同樣令人痛苦。

非常感謝萌太所做的一切。

但卻也讓她像是被囚禁般。

不能自己。

不過——真正被針刺的牢籠所囚禁的，如同異物般被捲進大厄島這個地方的，其實是石凪萌太吧！

總是一派輕鬆，像是隨風飄逸的柳樹般笑容滿面的萌太，崩子從沒想過他心底可能懷抱的辛酸——

如今回想。

他到底抱著怎樣的心情呢？

不只在大厄島上生活的那十年——三年前，兩人的父親六何我樹丸回到島上，兄妹一同離家出走的時候也是一樣的。

還有在古董公寓裡度過的安穩日子。
比較起來，崩子和萌太所背負的東西實在差太多了。
萌太扛起沉重的包袱。
崩子卻只是他的負擔。
「崩子相信地獄的存在嗎？」
萌太時常這麼問。
然後就像是在炫耀般。
「我相信喔！那是死後會去的地方。」
對死神來說，算是回到故鄉吧——
他總是這麼說。
崩子只覺得那是他一貫的人生大道理——但如果仔細玩味，這或許是在暗示大厄島絕不是他的故鄉，他的安身之處。
（那麼，萌太又是因為什麼。）
（——得以支持他活下去的呢？）
闇口崩子對於那過度保護自己的哥哥石凪萌太絕對談不上尊敬。
但是。
萌太死後已經過了好幾個月，崩子身上仍穿著白色的洋裝配上涼鞋，穿衣風樸素依舊，沒有一點改變，就連一步都踏不出去——

◆　◆

六何我樹丸。

哀川潤這次的任務之中最大的阻礙——但是，她完全不瞭解那個生涯無敗的結晶皇帝，就是石凪萌太和闇口崩子的父親。

她似乎。

沒有做任何的事先調查。

（她之所以完全不透露任何訊息給我和人識——或許是懶得說明，但大部分的原因是因為她**什麼都不知道**吧？）

無桐伊織她。

採取行動時瞻前不顧後，思考方式單純，一言以蔽之，正如同哀川潤和零崎人識所說的，就只是個笨蛋和傻瓜，不過，令人意外的，她也有她深思熟慮的地方。

雖然學籍已經被開除了，但她之前所就讀的可是縣內第一的明星學校，而個人成績更是名列前茅。

但伊織的同學都不認為她是一個優等生，而這都是由於她不認真的性格。

伊織不論在什麼場合都沒個正經，具體來說，根本就把隨便當成處事的原則。仔細想想，這或許就是無桐劍午所口中的『逃避』——也說不定。

那份不正經跟不認真的毛病雖然還留著，但經過與零崎雙識的冒險和零崎人識的共同生活之後，無桐伊織似乎放棄了『逃避』。若真是如此，在目前的情況下，能夠保持冷靜且對現況作出分析的人，搞不好就是她。

（哀川姊姊沒能事先調查有關六何先生——可能是因為時間過於緊迫。）

做為承包人，接受石凪萌太的委託也有一段時間了，但據伊織目前得知的消息，前陣子的哀川潤都將時間花在那個叫做世界末日、人類最終還是最惡之類莫名其妙的人身上，忙得不可開交。

況且，委託的實行條件，是石凪萌太的死亡。

在她得知這個消息，已經隔了一段時間。

因此，這次任務的幾乎沒有什麼準備——也無暇調查六何我樹丸的情報。

（應該——不止這些。）

還有另外一個理由。

至少以伊織現階段的瞭解，哀川潤的人格特質，她的為人——

（「**這樣比較有趣啊**。」——）

我想就算沒有之前提到的那些因素，基於這個理由，她還是不會事先做調查的。

再說，若時間真的不夠，正常狀況應該都會將計畫延後。

（兩件事的規模或許不同——但班上總是會有這樣的同學，不論遊戲的難度有多高，都堅持不看攻略本的孩子——）

而現實之中當然沒有攻略本。

因此，就如同不看說明書就開始遊戲般——還不知道哪個按鍵有什麼功用，就拿起了遊戲搖桿。

（不過——哀川姊姊。）

（一直都是這麼做的吧——做人處事一貫的態度。）

伊織只覺得這和自己得過且過的價值觀實在差太多了。

在那位名為石凪砥石的少年的帶領之下，他們來到武家大宅——正如同砥石所說的，從降落地點走下山，足足需要三個多小時。先不論零崎人識，雖然同為零崎，但對於從未受過任何作戰訓練的伊織來說，若不是有人開路，想要下山確實相當困難——進入大廳。

伊織和人識在那裡與哀川潤、闇口崩子會合，一行人等待著主人的到來——宅邸的主人，就是六何我樹丸，除了生涯無敗和結晶皇帝這兩個稱號之外其他皆是一團迷霧的男人——

「余正是我樹丸。」

然而——在他到來之前，無桐伊織和零崎人識、哀川潤還有闇口崩子，已經在大廳等了兩個小時。

既然要面對那樣『大牌』的人物，本來就不能計較太多，更何況他們還是入侵者的角色。

從沒想過會得到什麼招待。

能有一杯茶或是一張坐墊就很感激了。

（不過——）

（——卻少了一張坐墊。）

大廳內只有三張坐墊，而不是四張。

那三張又全都被哀川潤給霸占了（一個人就用了三張），其他三人只好平等的，直接坐在疊席上。

（本來就是因為哀川姊姊才會受到如此的待遇，對此，我們沒有任何意見——）

伊織的眼神向左瞟去。

正確來說是左後方——闇口崩子低姿態地正襟危坐，神情相當畏縮。

不夠的那一張坐墊。

應該是崩子的份——不是因為伊織特別聰明，這是所有人都知道的事實。

「人類最強承包人——很榮幸可以見到妳。喝喝！如同傳聞般是個美人啊，而且還是最強！人們說上天是公平的，不過，祂卻將一切都給了妳啊！」

對他的第一印象——是個相當穩重，帶著白髮的男人。單薄的體格與伊織沒什麼兩樣，身上的穿著符合武家大宅古意盎然的氣氛——整個人十分的低調。

與生涯無敗。

或是皇帝的稱謂相去甚遠。

一個有點年紀的男人。

（若提到可怕——）

（剛才遇到的砥石可怕多了呢——）

順帶一提——石凪砥石將伊織和人識帶到大廳之後便不見蹤跡。他說他正要去打獵，或許又上山了吧？

伊織還在想著。

「喂！」

我樹丸——突然將視線投向伊織。

被他發現我心不在焉嗎？還是要怪罪我沒有遵從禮儀，見到『長輩』卻沒把針織帽給脫下來？正當她有些心慌的時候，我樹丸再度開口了。

「剛才好像有聽砥石說到——妳是零崎啊！」

「欸？啊，是的，沒有錯。」

伊織回答。

她是一個與緊張絕緣的女人。

說起她驚人的事蹟，在遭到『染血混濁』早蕨刃渡監禁的時候，竟然還拚命說笑話想要逗弄對方。反過來說，這也代表她對於危險的概念過於遲鈍。

「我叫做無桐伊織，順帶一提，他是零崎人識。」
「不要擅自介紹我啦！」
話題應該轉到了人識身上，但他卻看也不看我樹丸一眼，把腳伸得直直的，將視線投向一旁。
他才是最沒禮貌的——不過先不管禮貌，他的心情似乎不太好。好像又不是因為等了太久而生氣。
喝喝！
我樹丸低聲地笑了。
「余聽說零崎一賊遭到全滅——沒想到竟有兩位生還者，有一位還是女性，這真是個好消息啊！」
「…………？」
不懂他說的話是什麼意思，但這不應該用來當做開場白吧？尤其是對著伊織他們說。接著，他用手將身後的紙門給關上——
在準備好的座墊上坐下。
立起膝蓋，坐姿相當霸氣——但可能是體型的關係，並不會給人任何的壓迫感。
（——若真是如此。）
（那時候的早蕨們，還比較——）
就因為如此——才令人忍不住懷疑。

這個人，為什麼會在無人陪伴的情況下，泰然自若的出現在我們這些不法入侵者面前呢——

「島上什麼也沒有，還請你們不要見外啊——余本來也不是島上的人，與其他人不同，不需太過拘束。」

「…………」

不止是他的用字遣詞（第一人稱用『余』這個字，就令伊織驚奇不已），就連說話的內容都相當普通。

在如此的情況下，應該是不至於會突然展開戰鬥，但是——總覺得事情沒有這麼單純。這裡本來就像是個被魑魅魍魎給占據，生人勿近的魔島——至少伊織是懷抱如此的覺悟跟著哀川潤過來的——

「不過，我還是得先請教一下，你們三人來到這島上的目的——」

我樹丸抬起下顎——這麼說道。

三人。

直接排除了一個人。

不需要回頭也知道——自己左後方的崩子一定渾身發著抖。

而且不需回頭也知道。

她一定雙拳緊握，像是在數榻榻米疊蓆的格數般低著頭——

「真是無聊透了！煩不煩啊！」

突然。

不，也不能說是突然，應該說——忍耐的極限，已經達到臨界點，零崎人識憤然站起身，接著毫不猶豫地從伊織的眼前走過，本以為他只是要走向崩子，沒想到他竟然一把將崩子給抓了起來。

人識的個頭很小，即使是不滿一百四十公分的崩子，也無法完全將她抬起，但是。

「欸、欸？這、這是？」

雖然感到十分困惑，但崩子也只能照著他的意思——人識就這樣離開了大廳。

「…………」

不對。

其實是有時間阻止他的。

但——卻沒有人這麼做。

（——真是的。）

（說什麼毫不在乎，還真是受不了他耶——人識。）

崩子妹妹。

她——確實很可愛啊！

很自然的。

伊織——再度露出了微笑。

「真是個奔放的傢伙，算了，管他是不是零崎，余對男人沒有興趣——就隨便他吧！只留下美女們，好不暢快啊！」

「美、美女們……」

討厭啦！我樹丸說的話令伊織害羞不已。被大家公認最不會察言觀色的她，如此的反應確實耐人尋味。

「言歸正傳吧！死色真紅，妳們的目的是——」

在人識和崩子離開後，大廳只剩下六何我樹丸、哀川潤和無桐伊織三人，而我樹丸再度朝著她們問了一樣的問題——不過。

對此，哀川潤的回答——坐姿與我樹丸一樣霸氣的哀川潤，自始至終從未開口的哀川潤她。

「啊？」

就只是這樣。

「喂喂——不要讓我失望嘛！結晶皇帝，你是在跟我說話嗎？」

說完——哀川潤笑了。

那是令人不寒而慄，好戰的笑容。

至少她沒在人識和伊織襲擊醫院的時候露出如此的表情。

「既然彼此的距離已經近得用手指就觸碰得到了——還需要多說什麼嗎？現在應該不是談話的時候吧？」

像是在邀請般。

哀川潤——招了招手。

「趁現在分出勝負吧！」

所謂的壓迫感——不就是目前哀川潤所散發出來的氛圍嗎？

伊織不由自主的撇開了視線。

她強烈的覺得自己走錯了地方，根本不應該待在這裡的——早知道剛才就應該跟人識一起離開了，她在心底不斷地想著。

（想要挑起戰鬥的——其實是哀川姊姊。）

比起六何我樹丸。

同伴好像比敵方還要可怕。

不對。

就連哀川潤究竟是不是同伴——都很難說。

伊織和人識是因為暴力而被迫合作的立場。

（會直呼姓氏的——應該只有敵人啊。）

「……嗯，原來如此，如傳言所說妳就是個戰鬥狂啊！」

我樹丸他——面對於哀川潤的挑釁和強勢的壓迫下，絲毫沒有改變態度。

「不過啊，死色真紅，血氣方剛也只有年輕的時候——現在的余，只覺得這一切令人厭煩啊！」

說完，他笑得像是個慈祥的爺爺。

這絕對不是推拖之詞——而是正面對哀川潤做出回應。

「分出勝負——而現在，余不再執著於勝負，因為——**最後一定由我獲得勝利**。」

他的口氣。

一副理所當然的樣子。

姿勢依舊——表情也不為所動。

「……喔！」

聽到他的回應，哀川潤動了動舌頭——一瞬間，她像是看到了美味的食物般，舔了舔嘴唇。

「你是在示威嗎，我樹丸？」

「當然，就像余和妳一樣——這個世界是照著弱肉強食的法則運作的，不過余真的沒有多強，更是出生於非戰鬥世界的玖渚機關，卻能夠像這樣持續活著，持續獲勝——死色真紅，難道妳不覺得這就是我的天命嗎？所謂的強度，真的是必要的嗎？」

我說啊，人類最強——

我樹丸說。

「成為最強確實令人羨慕，想必非常有趣吧！即使輸了也會被原諒——如此強大的妳一定能打敗弱小的敵人，但弱小的余——未必會輸給強大的妳。」

生涯無敗。

六何我樹丸——結晶皇帝。

「即使是最強的妳。」

「……看樣子是真的啊！聽那個美少年說的時候，我還不以為意呢，只覺得他是故意想挑起戰火。」

對於哀川潤所說的話。

「美少年？」

我樹丸不解地歪著頭。

單憑這個形容，或許分辨不出來吧——不，至少從他對崩子的表現看來。

（即使說出了石凪萌太的名子——）

（他的反應一定也是相同的。）

伊織心想。

突然——她有些在意帶著崩子離開大廳的人識。

「嗯，無所謂——總之，就是這麼一回事——死色真紅。不要想和余分出勝負，雖然妳輸了也沒關係——妳也不想添一筆敗仗吧？還是現實中的交涉比較平和具有意義。」

「咯咯咯！」

於是——哀川潤她輕浮的抖動著肩膀。但與對方自在的態度形成對比，壓力也同樣變大了，伊織有些許地所感覺到。

她生氣了嗎？

不過我樹丸——看來一點反應也沒有。

並不是他不在意——而是這絲毫無法對他造成威脅，甚至像是什麼事也沒發生過般。

「原來如此，還真有趣啊！生涯無敗——這麼一來也不枉費我特地來到這個島上。」

撥了撥瀏海，哀川潤她撥了撥瀏海。

「不然這樣好了，結晶皇帝，為了表示我對你無敗的敬意，請容許我糾正你的一項誤解——我從來都不覺得，這個世界是照著弱肉強食的法則運作的。」

「喔？」

第一次，我樹丸對哀川潤所說的話表露興趣——表情出現了變化。

「這不是個，弱肉強食的世界嗎？」

「不，雖然那樣的世界應該存在吧——但至少對我來說不是。」

「為什麼？」

「因為啊！」

哀川潤不懷好意地擠眉弄眼——身體向前傾，瞳孔還閃耀著光芒，然後說。

「**若只吃弱肉——自己也會變弱啊**。」

說完——放聲大笑。

那笑聲彷彿要吞噬一切。

依著生存的本能——笑著。

「……好像被妳得到一分了！不過，」

我樹丸。

六何我樹丸凜然的——態度並不像說話那麼動搖，他緩緩地從坐墊上站了起來。

「話說在前頭，余可是連猜拳都沒輸過的男人。」

「是喔。或許到今天以前是這樣沒錯，那是因為你還沒遇見我。」

看他站起身，哀川潤也——咻地轉過頭，當場站了起來。

「然後呢？我該如何打敗你呢，生涯無敗？」

「……喔，如果只有我一人的話，想怎麼比都行——但如今攸關面子的問題。不只余，還要考慮到大厄島首領代行，憑依的面子。」

不然——我們來玩遊戲吧！

遊戲。

我樹丸說。

一旦站起身哀川潤的身高較高，他自然呈現仰望的姿勢——不過他依然不為所動。

「余不知道你們的目的為何——但如果余真的輸了，賭上生涯無敗的名譽，任何要求余都會欣然接受。」

都還沒問個清楚，就敢做出如此承諾，伊織對於我樹丸的大器深感佩服——以及他的自信。

不論對手是人類最強還是殺人鬼，他早已認定自己的勝利。

絕對。

不會有意外的——他深信不疑。

「遊戲？少無聊了啦！這不是戰士該做的事吧？在這裡大戰一場不就好了嗎？」

「別這麼說啊，人類最強——怎麼會這樣呢？不符合妳的形象啊！我不是提出了一個分出勝負的方式嗎？」

「你是說遊戲？」

「是啊！這個島上的孩子，從前就以這個遊戲代替訓練——妳放心，雖說是遊戲絕對不是胡鬧的那種。大家通稱它為大厄遊戲——也就是所謂的鬼抓人。」

「鬼抓人？」

鬼抓人（↑）？不是哀川潤，伊織用很奇怪的發音說出這三個字。冒然的加入最強與無敗的對話之中，雙方都用嚴厲的眼神瞪著伊織。

說也有趣，她應該是世界上第一位同時被最強與無敗怒視的人吧！

「……沒錯，鬼抓人。」

我樹丸——朝著伊織這麼說。

她本來還想指正我樹丸，這句話應該要說給哀川潤聽，但她也知道自己沒有那個立場，目前的狀況也不允許。

「咯咯咯！所以呢？玩那個大厄遊戲，如果我們獲勝，你就會接受所有的要求是吧——真是豪爽啊！當大人物還真辛苦，必需要維持自己的形象——為什麼不能好好的打一場啊？」

所以呢？

哀川潤問道。

順帶一提，她的視線還在伊織身上。

這麼重要的事情，應該看著對方的眼睛說話才好喔！伊織巴不得馬上逃離現場。

雖然沒有成功。

雖然根本不可能逃得了。

「先不管我們打敗了你——你若一**如往常**的獲勝，那又會如何呢？總不可能什麼事也沒有吧？」

「對啊，不如就等價交換吧！不用擔心，最後一定會讓妳們離開的——不過，要先完成余的願望。」

六何我樹丸露出了微笑，跟先前的哀川潤一樣——他也舔了舔嘴脣。

「哀川潤，還有無桐伊織，妳們如果輸了大厄遊戲——」

那微笑。

第一次——令伊織感到恐懼。

不對，不是恐懼。

她所感覺到的——說得直白些，完全就是生理性的厭惡。

「我要妳們生下余的孩子。」

第五章

「墮落非常容易，想要更加不幸卻意外困難。」

◆　◆

「請、請你適可而止。要去哪裡啊——一天之內到底要綁架我幾次你才肯善罷干休呢？」

力量上的差異過於懸殊，闇口崩子放棄抵抗，任憑零崎人識擺布——不過，不論走了多久，在走廊上轉了多少個彎，人識粗暴的腳步仍未見停歇，終於，她忍無可忍的開口了。

於是人識很乾脆的停下腳步。

實在太過突然，讓崩子還一頭撞上人識的後背。

「……很痛欸！」

明明是他自己拉著崩子一直往前走的，說話卻如此不講理，人識這才放下架在她脖子上的手——被釋放的崩子一屁股癱坐在走廊上。

早知道他會這麼乾脆地停下來，就不用忍耐這麼久了，崩子有些後悔。然而人識突然轉過身，放開崩子候立刻邁開了步伐，眼看就要走出玄關了。

（…………）

（算了——）

（好像也沒有追上去的理由——）

即使如此，他似乎是為了崩子才生氣的——這是事實。如果就這樣目送他離開——

感覺也不太痛快。

（更何況——我是嚮導。在這裡的任務就是負責帶路。）

身為嚮導，總不能讓造訪者人識單獨行動——只要自己能接受就好……經過理性的考慮，崩子站起身，向前追了過去。

穿好涼鞋走出去一看，馬上就發現人識的蹤跡。當中隔了一段時間，本以為會找不著他——如果真是這樣也沒辦法——不過，人識就站在不遠處。

或者應該說。

他——正不停用手搥打著庭園中裝飾用的岩石。

雖然帶著手套，但也還是赤手空拳。

因此，在如此的情況下，發出聲響的不是岩石，而是人識的拳頭。

「你——在做什麼啊！」

若是力量系的戰士也就算了，但他肯定不是。所以，手套也破了，露出的部分皮開肉綻，開始流血。

「停！請你快住手——」

崩子一股腦地撲了上去，從後方抱住人識，她也知道以自己目前的力量，是沒有辦法拘束他的行動——即使無法阻止他的拳頭，但至少能讓他冷靜下來。

「……嗯？」

他轉過頭。

然後就這樣定住不動——『啪！』地張開雙手，越過肩膀看著崩子。

「妳為什麼要抱住我啊？闇口眾的人，對主人以外的對象這麼大膽可以嗎？」

「……………」

對人識來說只是滿腹的疑問，但崩子卻覺得自己遭到戲弄，有些生氣又有些害羞，立刻從他身上彈開。

崩子露出了責怪和抗議的視線，不過此時的人識根本沒在看她，直盯著自己的拳頭——破損的手套和傷痕累累的皮膚。

「嗚哇！怎麼會這樣！」

他十分驚訝。

「痛死人了！是誰讓本大爺的手變成這樣的——可惡，好大的膽子！」

「……………」

一個人像在說單口相聲似的，但看他的反應好像是真的。

（該怎麼說呢——真是個難以捉摸的殺人鬼。）

事實上，崩子身為『殺之名』的專業戰士，卻幾乎沒有戰鬥經驗，這也是第一次接觸零崎一賊的人。

不過，對另一人（不知道為什麼她的姓不是零崎）無桐伊織的印象又不太一樣。

（表與裏——哀川潤這麼說。）

（一體的兩面——）

「啊啊，原來是這樣啊！血液全衝上腦袋——真是的，怎麼又來了！最近明明好很多了啊！唉，果然還是個小鬼，啊哈哈！」

人識一邊說，一邊把手套脫下，揉成一團塞進口袋裡。接著，雙手晃呀晃地，應該是想充分接觸空氣吧？

「…………」

人識沉默了一會兒，觀察他的拳頭（就只是這樣的動作），接著好像做出了決定般。

「啊—啊，去散個步好了！」

將滿是鮮血的手枕在後頭，朝著大門走去。

「等、等一下——啊啊，真是的！」

闇口崩子本是一位沉著冷靜的美少女，幾乎不會表現出慌張或是焦躁的情緒——不過，此刻卻異常地焦躁。

能夠讓崩子如此反常的——

（除了萌太之外——）

（——就只有——戲言玩家哥哥。）

伸出手，崩子抓住人識的上衣，然後用力一扯。

「嗯？幹什麼啦！那個……闇口！」

「在這裡請不要叫直呼我的姓氏。」

口氣就像是人類最強承包人一樣，崩子更用力拉住他。

「我會用人識先生來稱呼你。」

「喔——好吧，崩子……」

說完，他好像對如此的叫法有些抵抗。

「崩子妹妹。」

人識說。

「這樣，可以嗎？」

「……嗯，人識先生。」

「怎麼樣啊，崩子妹妹，有求於我嗎？我可不會給妳零用錢喔！」

「請跟我過來，沖洗一下傷口吧！」

「啊？」

強拉著一臉不解的人識——人識也不打算抵抗的樣子，就這樣「喔、喔、喔」地，保持著向後傾斜的姿勢，一路被拉到有水的地方。

將用來替庭院的植物澆水的水管給拔掉，直接把水龍頭轉開到底，逼迫人識將手伸進水流中。

「哇，好冰！」

「因為這是天然井水。」

「妳好像很瞭解嘛！」

「其實——」

當然瞭解啊。

以客人的身分，是不好在別人家太過自動、但那其實就是她的家啊——不，如今已和別人家沒什麼兩樣。

我。

我和萌太——捨棄了這個家。

因為沒有人在乎我們。

「——也不算瞭解。」

「是喔。」

本來就沒有多大興趣，面對崩子的藉口，人識只是點了點頭，然後念著「已經夠了吧？」，伸手就將水給關掉，或許是沒帶手帕，他隨便在衣服上抹了兩三下。

反正，也沒有借他手帕的義務——即使想借他，不久前才全身溼透的崩子，身上不可能會有手帕的。

「謝啦！好像比較不痛了。」

「……請你不要說謊，用清水沖洗，怎麼可能止痛呢——不過只是將傷口清洗乾淨而已。」

崩子說是為了以防破傷風。

「正常來說還需要消毒和包紮——但那類的醫療用品放在武宅的起居室裡。」

想拿還是拿得到的——但以目前崩子的立場來說，並沒有這個選項。

人識或許是察覺到了。

「沒關係啦！這點傷，用口水就能治好了！」

他說。

「喔，我可不是要妳幫我舔傷口的意思噢！」

「當然……怎麼可能做到那種地步呢？」

崩子以極度認真的神情，回答人識的玩笑話。

如果被她認為是卸下心防的表現，那可就麻煩了。

話雖這麼說，態度輕浮卻還是表達了謝意，想否認也不容易。

「這應該是我的臺詞才對──『謝啦！』人識先生。」

「啊？」

「把我從大廳帶出來。」

「啊？喔喔。我有做那樣的事嗎？想不太起來欸。」

人識說得好像是十年前的往事般，然後，真的用自己的舌頭舔著手上的傷口。

「啊哈哈，沒什麼啦──我一生氣就會變成這樣。我最看不慣那種──該怎麼說呢……」

「那種？」

「家人之間鬧不合。」

他的口氣。

聽起來冷淡，不過，內容卻不像是他會說的話——崩子心想。

「……話說回來，零崎一賊——本來就是一個『家族』對吧！」

「嗯？啊，當然啊。但對我來說是家人的——也只有一個人而已。」

「一個人？是那位——戴著針織帽的無桐伊織嗎？」

「才不是那傢伙呢！她——不過是那個人的影子……令人頭疼的是，最近好像越來越親近了！」

「…………？」

盡說一些令人摸不著頭緒的話。

「自己雖然還是個小鬼，但換個角度來說，我也成熟了不少——如果是以前的，可能已經把妳那位父親殺死、肢解、排列、對齊、示眾了！再說，前陣子在面對人類最強的父親的時候也是——」

「……那也沒辦法的。」

崩子說。

人識聽完。

「對這裡的人來說——我已經死了。」

不論是闇口憑依還是六何我樹丸。

以及闇口眾的所有人。

闇口崩子——就是個死人。

更何況，是崩子主動離開這個島的——本來就不會期待什麼熱烈歡迎，也從沒想過——能獲得坐墊或是受到平等地對待。當然，更別指望憑依或我樹丸會說什麼好聽的話。

這是預料中的事。

（這裡——這大厄島。）

（已經沒有我的——容身之地。）

「說實話，只要我出現在島上，應該是格殺勿論的——至少，我已經做好那樣的覺悟才來到這裡。不過，似乎是想太多了，我連**被那樣對待的資格**——都沒有。就只是個死人——在或不在這裡都無所謂，不，根本就不存在。」

「呿！真無聊。」

崩子像是在報告什麼理所當然的事一般——『我被無視這件事，你其實不需要太在意。』——像這樣，她絕不是為了讓人識好過一些，或展現自己的體貼，而是想要表示這世界上「只有你同情我」——沒想到人識聽完，反而揪著崩子的胸口。

「你、你要做什麼——人識先生？」

「崩子妹妹，我接下來要做的事肯定會讓妳對我的評價大幅滑落的！」

「啊、什麼意思？」

像是做出了宣言般，人識抓著崩子——用力把她小小的頭顱壓到水龍頭下方。這時候，大概知道他要做什麼了，但實在沒想到他會做出這種事，也沒想過這世上真有人會做這麼過分的事——還沒來得及反應，人識毫不猶豫地將水龍頭打開。

冰冷的井水流了出來。

仔細想想，以目前的季節來說，那水溫根本和冰水沒兩樣。

「啊、啊啊！」

即使被鐵鎚毆打全身都有不一定會吭聲的崩子，竟不由自主地發出悲鳴。

頭瞬間就溼透了——大概過了十秒，人識把水關上，放開崩子的洋裝。沒想到洋裝的布料可以伸展到這個地步，但目前這件事完全不重要。

「你、你——一天之內到底要我濕透幾次你才甘心啊……好不容易才乾了耶！」

「第一次是人類最強害的吧？」

人識一點都不覺得愧疚——崩子首先採取了緊急措施，把頭髮盤起，用力地擰出水來。她冷到手都在發抖。

「啊哈哈！髮型變了人也不一樣了欸！崩子妹妹。」

「你、你——到底是什麼意思？」

「讓妳清醒一點啊！無聊死了。」

無聊死了。

人識不停重復這句話。

「告訴妳一件事吧！崩子妹妹。」

「啊？」

「洋裝變透明了喔！」

「什麼？」

崩子激動得連口水都要噴出來了。

以不可置信的神情急忙遮住自己的胸口。

「開玩笑的啦！」

人識說。

「我要告訴妳攻略我這角色的祕訣。如果沒有在這裡觸發劇情，就沒辦法進入我的路線喔！」

「……我完全找不到必須要攻略你的理由——」

「我啊，最討厭那種——隨便抓一個藉口就放棄的人，自以為明白事理，看破了一切而虛度日子。」

說完，人識他——一把抓住崩子濕漉漉的頭髮，強行將她拉到面前，逼迫她看著自己的眼睛。

「當然，我不是要說什麼正面積極的話，單純只是很火大而已。」

「火大——」

什麼意思啊！

像個小孩子一樣——崩子心底雖這麼想，但其實自己才是個十三歲的小孩。

人識已經快二十歲了吧！

因為長相比較稚氣所以看不出來，不過他確實已經過了可以被稱為少年的年紀。
即使如此，卻還在說什麼火大。
無聊死了。
對於別人家的事，毫不客氣的發表意見，也不懂得掩飾蓋自己的不成熟。
「這麼一說，出夢那傢伙也是一樣——一個一個都那麼輕易就放棄，妳們知道真正的放棄，有多麼難以挽回嗎？」
「但是……」
話沒說完，崩子突然想到了什麼。
人識，該不會——
「人識先生，莫非你現在是在安慰我嗎？」
「啊啊？我為什麼要這樣做啊？太愚蠢了，我才不在乎呢！」
口氣聽來相當不悅，人識卻有些心虛地轉過身去，似乎是被說中了而不知所措——
（好像也不是真的——那麼容易理解。）
想要理解應該也沒用吧？
「我可不會放棄喔！」
他說，依舊呈現背對的姿勢。
「一點都不想放棄。崩子妹妹，再告訴妳一件事吧——我零崎人識有一個超想要見到的人喔！雖然不知道他是誰，但就是很想見到他。只要見到他——**就會得到解答**。」

「…………？」

崩子歪著頭，人識所說的話越來越難理解了，溼透的頭髮不停滴著水，浸溼了洋裝，但她卻沒心情理會。

「我——絕對不會放棄的！」

人識像是在宣戰一般，大聲地說。

當然，崩子不可能知道他在說什麼。

因此。

「會不會——已經相遇了呢？」

像這樣。

崩子其實沒什麼特別的意思，更沒有多想。

只是附和他的話而已。

不過。

「…………」

啊啊。

這也是——有可能的啊！

零崎人識背對著崩子——一個人呢喃著。

那句話裡。

帶著恍然大悟心情的情緒。

「……人識先生。比起這些──把我們兩個人的私事先放在一邊，有件事我好像應該要跟你說一聲。」

「啊？」

聽到崩子叫他，人識回過頭來。他對於崩子所說的『有件事』，其實沒有多大興趣，但總覺得要趕緊換個話題比較好。

再這樣下去──好像真的會造成難以挽回的後果。

事實上，崩子即將說出口的這件事──至少，以現階段的發展來說，是應該要先說明的重大事項。

不。

這件事──一開始就應該要直接說明才是。而且，除了零崎人識，哀川潤和無桐伊織──她們兩人更應該知道的。

「是有關六何我樹丸的事。」

只是。

她說不出口──難以啟齒。

這同樣牽扯到她和萌太的出生──

「妳父親怎麼樣嗎了？」

「你對他有什麼看法？」

總之，先問問看他的意見──一個殺人鬼是如何解讀生涯無敗的，這也關係到接下來說明的順序。

「實際上看到他——你有什麼感覺？」

「什麼都沒有啊！怎麼可能會有呢——」

聽到人識的回應，說明的順序果然受到了影響，必需從前提開始講起才行。崩子心底雖這麼想，但人識卻繼續說了下去。

「——難怪他會是生涯無敗啊！」

「…………」

「其實，在我聽到哀川潤談起這件事的時候還有些懷疑——那種程度的戰士，我怎麼會不認識呢？而伊織那傢伙有點奇怪，我也不算是什麼正常的類型，說出來的話可能不太正確。」

「……你已經知道了嗎？」

「我曾經和具有同樣象徵的傢伙交手過——雖然不是什麼好經驗。他叫直木飛緣魔——很強卻又默默無名。」

人識斷言。

「那種類型的最可怕了。如果一開始就知道有那樣的傢伙在島上，我才不會過來！」

像這樣做出了結論。

原來如此。

——能夠理解那種**安靜的強大**，一切好說。

若是能感受到那樸實無華，不起眼的力量。

說重點就行了。

「**看不見的強大**，才是最令人畏懼的強大——越是看不見就越是厲害。當然那不代表沒有弱點，但在我這種屬性的人看來，絕對是占優勢的啊！」

「……男性三十一歲，女性三十四歲。」

崩子說。

儘可能的不帶感情。

「你知道那些數字代表什麼嗎？」

「嗯嗯？三十一、三十四？什麼啊！這是猜謎遊戲嗎？」

「不是的，那是更現實的數字——這是對『殺之名』七名所統計出來的數字，是平均壽命喔！你沒聽說過嗎？」

「…………」

「不到正常日本人平均壽命的一半——有些甚至只有三分之一。當然，還有很多死在荒郊野外的或是行蹤不明生死未卜的人，數據的準確度也有待商確，不過，即使蒐集到再多的數據，最多只會向下修正，不可能增加的。」

「唉——是這樣沒錯啦！」

人識並沒有太過驚訝，只是默默地點著頭。

「零崎一賊也遭到全滅了，哥哥和老大差不多就是那個年紀吧？」

「『殺之名』的宿命，就是不停地戰鬥。順帶一提，『咒之名』六名的平均壽命就高了許多——他們並非戰鬥組織，這也是理所當然的。」

「嗯，應該吧——話說回來，我曾經看過『咒之名』的老婆婆喔！大概有七十多歲。」

「想要得到『咒之名』的正確數據同樣困難——而在訓練期間的高死亡率，兩邊也都是差不多的。」

「嗯，所以呢？」

「六何我樹丸——今年已經七十八歲了。」

崩子單刀直入地說。

那數字。

「七十八？」

就連人識都無法掩飾內心的震驚。

「真的假的……完全看不出來欸！看起來最多五十幾歲吧？」

「他仍是現役的戰士，與三年前回島時相比，外觀幾乎沒有任何改變——先不論他生涯無敗的經歷，那完全是無人能及的記錄。目前他雖是大厄島上闇口眾的一員，但他其實根本不屬於『殺之名』，本家分家都不是——卻能在這個世界存活到現在。」

這——是何其異常的現象，幾乎等同於——不死之身。

「比起持續獲勝——持續活著這件事才是最驚人的。」

人識悶著頭沉默了一會兒，然後。

「那確實……不尋常。」

他說。

「七十八啊——從沒想過自己能活到那個年紀。我應該很快就會死掉了吧？可能就在明天。」

「所以，人識先生——如果他和哀川潤真的打起來，哀川潤被打敗的可能性較大，這部分你應該同意對吧？」

「嗯，可能吧——毫無疑問，她是最強的，但動蕩反差的幅度實在太大了。況且她也曾經吃過敗仗——那個承包人，不久前才輸給那個叫做最終還是最惡的傢伙不是嗎？那時候所受的傷還沒完全康復，只能發揮兩成的實力呢！」

「…………」

事實上，掉進瀑布所受到的衝擊，使她的實力又少了一成——這部分還是不要提起吧，崩子選擇沉默。

但至少——人識對於現況並未抱持過度樂觀的想法，這對她來說算是不錯的情報。

「所以呢？妳想說的是什麼？」

「輸了之後的風險！哀川小姐都贏不了的人，伊織小姐又怎麼可能打得過呢——那個人他。」

「啊啊，那傢伙的程度，頂多就是靠自己的本能和才能戰鬥而已，就連義肢的使用都不太能適應……但應該輪不到她吧？就連我都不可能啊！死色真紅再怎麼亂來，也不至於到這種程度。」

「很難說喔！」

哀川潤是不會硬要她上場——崩子說。

「不論伊織喜不喜歡，最後還是得參戰的——為了保護自己。」

「啊？繞這麼大一圈啊，妳到底想要說什麼？」

「我想，應該就是現在吧——六何我樹丸正向她們提出要求。」

崩子往宅內瞄了一下。

接著說。

「要她們——為自己生孩子。」

「…………」

「六何我樹丸的興趣，就是生小孩。」

人識他。

露出了無法言喻，耐人尋味的表情。

絕不是啞口無言或是驚訝那麼簡單。

不過，這也是很合理的反應——在他做出奇怪的臆測之前，崩子趕緊對我樹丸的『興趣』做出解說。

「那個男人因為這件事，還曾經被玖渚機關的下部組織──陸枷給驅逐下放。」
「是因為男女關係的問題？」
「不，並不是男女關係，嚴格來說，應該叫做繁殖癖。」
「啊？繁殖？」
就這樣說出來了嗎？人識心想。
這句話確實沒有多做修飾，但那也是沒有辦法的，崩子一點都不想袒護我樹丸的那種嗜好。
「他的夢想，就是要生下『殺之名』七名和『咒之名』六名，全部十三名的孩子。當然，他自己的血親玖渚機關和四神一鏡並沒有包含在內──政界和財界的戒備森嚴，就算想要接觸也很困難。」
「……也是。」
「戲言玩家哥哥到底是如何──」
喔！
那是毫無關係的一句話。
「總之──六何我樹丸就是那樣的一個人。他一定不會放過哀川潤那稀有的母體，以及本來已遭到全滅，零崎一賊的女殺人鬼。」
「……難怪那傢伙剛才會這麼說，『真是個好消息』……原來是這麼回事。嗚嗚嗚哇！」

太噁心了吧！零崎人識發出厭惡的呻吟。

這反應也是理所當然的。

「不過——要不是如此，喔，才會出現石凪和闇口的兄妹啊！等等，所以說，崩子妹妹，難道妳還有其他『殺之名』或是『咒之名』的混血兄妹？」

「如果單純談論血緣關係，就算有也不奇怪吧——只是我不知道而已。不過，**成功案例**好像只有我和萌太就是了——他似乎一直沒有遇見擁有令他滿意的基因的對象，但在我離開大厄島的這三年是否有新的進展，我可就不清楚了。」

因此才會更加——執著吧？

如同飛蛾撲火般，對於出現在眼前的人類最強和零崎的女殺人鬼，那個男人肯定趨之若鶩啊！

（再說……）

（如今，對那個男人來說——我和萌太不再是成功案例了——）

是逃離自己的——失敗作。

他一定是這麼想的。

「……看樣子伊織也不得不戰鬥了，而且還會非常拚命。仔細想想，那傢伙才十七歲，不久前的身分只是個女高中生——女高中生懷孕生小孩，這根本是手機小說的劇情啊！」

「最近還出現了很多變化型。」

「啊？」
「我是指手機小說。」
然而崩子並沒有手機。
但這本來就不重要。
「可惡，也太麻煩了吧——這麼一來我不是也得加入戰鬥嗎？本來以為我只要負責讓哀川潤能專心的對付妳那個父親就行了，看來沒那麼簡單啊——呿！如果早點知道，就不會把手傷成這樣了。」
人識看著自己皮開肉綻的拳頭。
不過，以他剛才的憤怒指數來說，即使事先知道了，也不會有任何改變的——
（一聽到『自己人』被捲入紛爭之中——馬上就決定參戰啊！）
（真不愧是——零崎一賊。）
「啊——身上連把刀都沒有，手變成這樣想用曲弦線也很困難吧，畢竟那需要相當精密的動作——還是跟伊織借『自殺志願』好了，雖然她不太可能會借我。對了崩子妹妹，那位大叔用什麼武器呢？」
「沒有——六何我樹丸堅持赤手空拳的戰鬥。」
「是喔。這點跟直木飛緣魔一樣，如此一來，條件限制去除了一半……不對，又不是只需要對付生涯無敗一個人。死神那傢伙有參戰的可能性啊——」
「嗯？死神？」

崩子疑惑了。「啊啊，我沒說嗎？」人識再度開口。

「在我和伊織降落的時候，遇到了一個**跟零崎一樣的傢伙**——渾身散發著殺意，就只有殺意。看他拿著鐮刀肯定是死神沒錯，但姓石凪的都是那個樣子嗎？妳哥哥呢？」

「……唔，萌太——他其實。」

不對啊！

這句話——本來就很奇怪。

大厄島——是闇口眾的據點之一。

怎麼會有——死神呢？

「啊，該不會那傢伙手上的鐮刀，就是哀川潤來到這個島上的目的啊？看起來就是把好東西——喔，別看我這樣，對刀器可是很有研究的。」

「人、人識先生的眼光並不重要——你說什麼？死神——那個人說他姓石凪？確定不是闇口？」

「誰會把石凪和闇口聽錯啊！發音完全不一樣啊！如果是石凪和咎凪、闇口和罪口也就算了。」

他好像——人識雙手抱胸，似乎在回想著什麼。

「石凪——砥——砥——砥——」

「——石凪砥石。」

門後——傳出一個聲音。

崩子和人識全轉過身去。

「是砥石喔。」

像這樣。

像是做出附註般開了口——雙手都被血染得鮮紅的少年，朝著這個方向走來。

就**如同人識剛才所說的**，他的右肩扛著一把死神鐮刀，而那把鐮刀——也如同人識剛才所說的——充滿崩子的回憶，石凪生前用過的鐮刀，但令人驚訝的——卻不是這點。

嚇一跳的原因。

全都是因為那股殺意。

毫不保留的滿溢而出——那股殺意才是最驚人的。

（——這、這個人倒底是怎麼回事？）

（這個——**死神？**）

彷彿是由殺人衝動——幻化出來的人形，甚至不敢相信自己的眼睛——**竟然會把它看成一個人**。

「別緊張，這是鹿的血。時機不湊巧，還沒來得及洗手。」

砥石他——與崩子的的期待相違背，說著無關緊要的臺詞。

「可以借過一下嗎？我想要洗個手。」

然後，用手指了指水龍頭。

「…………」「…………」

崩子和人識無言以對——不知道人識是怎麼想的，但至少崩子在這個情況下，完全不知道該說些什麼才好——兩人分別往左右靠，讓出了一條路，砥石也毫不猶豫地從人識和崩子中間通過。

那瞬間。

他身上的殺意也絲毫沒減少——不為所動。他的殺意——並不是從空氣中擴散的，幾乎可以說是固體物質，而不是氣體。正因為如此，崩子發現那股殺意並不是衝著他們來的，對象其實是——這個殘酷冷漠的世界。

死神鐮刀。

他將鐮刀夾在腋下，打開水龍頭——低頭洗著手。手上的血雖然被水沖掉了，卻沒有變乾淨的感覺，這單方面的只是觀察者的心情所造成嗎？

砥石還特地捧著水，清洗剛才被血弄髒的水龍頭，就連細縫間也不放過，非常仔細——接著，他將水龍頭轉到底關上，把崩子丟在一旁的水管再裝了回去。

從他一板一眼的行為，可以推測出他的個性——但那前提必需是建築在要他是個人類的條件上。

如果砥石的非人性。

即使不需要推測——也都感覺得到。

「不過，你們還真瘋狂欸——我聽說了。是為了這把鐮刀而來的吧？就為了這件事要和我樹丸玩大厄遊戲……根本不要命嘛！」

「大厄遊戲……？」

聽到這句話，崩子瞬間忘了呼吸。這一切，是在我們離開後發生的嗎？當然，六何我樹丸不會認真的與哀川潤對決——為何偏偏是大厄遊戲呢？

（不過像這樣單方面的要求，哀川潤應該——）

（應該——）

（——會接受。）

事實上，腦中也只有她接受遊戲的畫面。

甚至可能連解說都沒聽完吧？

（搞不好她以為那只是一般的鬼抓人，孩子們的遊戲——）

雖然是被人識強行拉出大廳的，但只要自已堅持不走，他也莫可奈何——算了，如今想這些也沒用。

「死色真紅如果在大厄遊戲中獲得勝利，這把死神鐮刀就是你們的——聽說協議內容好像是這樣。」

「但若是——輸了呢？」

「詳細情形我不清楚啊！你們不如自己去問本人吧？」

態度相當冷淡，不過那都是因為他根本不把崩子當作一回事——

（……不。）

（這個人——不一樣。）

「你倒不會無視崩子嘛！」

人識說。

他完全說出崩子心底的想法。

沒錯。

在這個島上像是空氣般，甚至被當成死人對待的崩子——石凪砥石卻捕捉到了——

那似乎不存在的她。

非但沒有忽視。

確確實實的看著她的眼睛。

「……我，又不是鬧口眾。」

說完，蹲在地上的砥石站起身，不忘撿起一旁的死神鐮刀。

「我只是一個受人僱用的死神，不會介入別人的家務事啦！」

「受人僱用……」

怎麼會有這種事？

石凪在『殺之名』中的地位也是特殊的——並不是想僱用就能僱用的屬性。以稀有程度來說，整個集團連三十個人都不到（如今已遭到滅絕）的零崎一賊雖然等級較高，不過，『殺之名』排名最後的石凪調查室，同時卻也是排行第一——那是最後一名的特權。

無法僱用。

除非要有一定的緣分。

「——怎麼可能？」

「都是妳的哥哥有遠見——因為石凪萌太的關係，把我從死神界拉了出來。」

砥石說。

一邊冷眼看著——崩子。

同屬石凪，卻和總是散發出溫和氛圍的萌太不一樣，認識他的人一定都是這麼想的，更何況是他的妹妹崩子——那感受一定很強烈吧！

砥石與萌太的差異、違和感。

甚至令人感到噁心。

「——都是他的錯！真是的，你哥哥——竟然沒有信守約定。」

竟敢——像這樣。

「是什麼約定？」

大言不慚地指責萌太的不是。

「先打破約定的——是你吧！六何我樹丸一回到島上——你就突然反悔了——」

「是這樣嗎？不論如何結果都是一樣的吧！所以——雖然我沒有無視妳，但請不要以為我對妳會有什麼好感。說實話——我恨你們兄妹。」

不帶任何感情，只是照本宣科似的，但抱著死神鐮刀的他，視線——確實投向崩子，直盯著不放。

恨你們兄妹這句話。

似乎是打從心底說出口的。

（萌太——）

（拿著萌太的死神鐮刀——竟然用那樣的眼神看我——）

「怎麼一回事啊，啊！還以為你不會排擠別人，現在倒換成言語攻擊啊！你們這個島上的人，好像很喜歡欺負小女孩欸！我看你們就是一群傲嬌鬼啦，混帳東西！」

在崩子做出回應之前，人識咻的一聲——鑽到崩子和砥石之間，站在崩子面前。人識用身體擋住了砥石的視線。

「是你強行把我帶到這裡來的——而這孩子是我一個重要的好朋友所喜愛的小抱枕呢！如果讓你為所欲為的傷害她，我可是會很困擾的。」

「……喔，真意外欸！我以為零崎一賊的殺人鬼只會維護自己人。」

砥石稍稍抬起了下巴——接著換對人識投以鄙視的眼光。

「不過啊，零崎——零崎，人識，你最好注意一下自己的口氣。正如你所說的，如果對手是我，頂多只能爭取時間而已不是嗎？」
「啊啊？那個時間指的是你距離死期還有多久欸！」
「什麼意思啊？」
「你明明就知道。」
「還滿強勢的嘛——但我只覺得可笑至極。」
一邊說還一邊笑著。
砥石抖動著他的肩膀。
「畢竟，為了『家人』不惜生命的瘋狂，才是零崎一賊最恐怖的地方不是嗎？」
如果你傷害了他的家人。
不論對手是誰，戰鬥手段為何，他們都會奮不顧身的投入，那無可取代的親情——即是零崎一賊的核心概念——貫徹的原則。
因此，零崎一賊。
才會是最令人們所忌諱的瘋狂集團。
……不。
令人聞風喪膽——同樣**招人忌諱**。
「如今，零崎一賊已遭到全滅，只剩下你和針織帽兩人——不過才兩個人有什麼好怕的呢？而零崎個人的實力大家也都很明白。零崎一賊——已經不再可怕了。」
「…………」

「即使殺了你們——也不會有誓死復仇的家人找上門來！」

全滅，滅族——那全是無法挽回的文字表現，但對於當事者零崎人識和無桐伊織來說——就只代表著**親人的死亡**。

崩子心想。

看著人識的背影，想著。

（這個人的處境——）

（其實和我差不多——）

「……不要一直重複啦！煩死人了！」

他的肩膀微微顫抖——人識回答。

「我從沒想過要你害怕好嗎？我就是我，就是我啊——現在是我以個人的身分對欺負崩子的你說話！」

「這樣啊！用說的誰都會啊——更何況，被殺這件事也是不需要條件的！」

「……你說那是叫大厄遊戲對吧？」

於是。

尚未聽到任何的說明——人識根本也不知道那是怎麼一回事——就只是因為現場的氣氛和情緒，而向石凪砥石宣戰。

「我要加入遊戲，所以你也參加吧！——讓我們大戰一場！」

「不說要殺了我嗎？」

明明是個殺人鬼——砥石說道。
那是理所當然的，人識做出修正。
「石凪砥石——死神。我要將你殺死、肢解、排列、對齊、示眾！」

◆　◆

雖然沒有一個人在意這件事，但還是稍微提一下那臺載著哀川潤、闇口崩子、零崎人識、無桐伊織的到大厄島的中型運輸直升機的去向好了。
哀川潤本來就交友廣闊，而敢幫助他們偷偷潛入『殺之名』排行第二，闇口眾做為據點的孤島，具有如此膽識的人其實很少，即使六何我樹丸不在島上。
對哀川潤來說，讓他人加入自己的工作，這個行為就跟約朋友出去玩的意義是一樣的。
現實問題。
在得到邀約後，百般刁難，最後卻還是會答應的傲嬌傢伙——世界再大都只有她一人（不，若提到傲嬌也是有另外一些候補人物）——超級小偷，石丸小唄。
但是，知情者只有哀川潤一人，人識、伊織和崩子對這個事實完全一無所知。先不論崩子，在人識和伊織短暫停留美國以及回國前的那段時間，意外與小唄結下了不解之緣。因此，小唄對哀川潤所提出，協助她工作的條件，就是不要對其他人公布自己的身分。

順帶一提，工作內容是要她載著哀川潤等四人前往大厄島並從上空降落（有兩人是用墜落的），卻沒有將四人的回收業務列入任務中。也就是說，她的工作已經結束了——不過，那也只是哀川潤交付給她的部分。

石丸小唄，有不少人都說，她具有與哀川潤匹敵的實力，身段還比哀川潤輕盈許多，因為總是單獨行動所以與外界的聯繫也相對薄弱，基於以上幾點，她其實非常搶手。

工作一項接著一項，是個大忙人。

順帶一提——下個工作的委託人是某戲言玩家，他已經得知哀川潤綁架了崩子並強行要她出院。

於是，離開大厄島的中型輸送直升級，轉動著螺旋槳，一路飛往京都。

目的地，是京都的郊區——山間的一處研究室。

那是零崎人識和澪標姊妹持續日常戰鬥的地方，由診所遺跡所改建成的實驗室——而之前的那些故事都已了結，因此，在這個時間點，建築物內連一個人也沒有。

套一句人類最惡的遊人常說的話——那是一個已經結束的地方。

但——即使如此。

研究室的二樓，那原本是病房的房間內——卻坐著兩個人。

一個人盤坐在床上，正一點一點的拆下包裹全身的繃帶，另一人則是站在床邊，剛拿下了聽診器。

「……嗯。應該沒問題吧！」

站在床邊的人物——那女人臉上戴著尺寸較大的圓框眼鏡，手中拿著用來取代病歷的PDA，記錄著一些數值。

「不知道哀川潤怎麼樣了——但我幾乎已經完全康復。如此驚人的治癒力和回復力——就連在休士頓的時候，數字也沒有這麼離譜。」

「咯咯咯！」女人開朗地笑了。

「隨妳高興囉——既然是我的愛徒戲言玩家的委託，我和人家總不能不理不睬吧？而時間正巧在我必需要回ER3之前，管他是大厄島還是什麼島，反正只是去救個人回來嘛！」

她說。

「喔！謝啦，心視。」

聽完那女人的話，坐在床上的那個人——拆完了繃帶，突然像是個小朋友似地跳了起來，在空中轉體三圈，然後著地。

那舉動彷彿是在展示自己的康復程度，不過那女人一點也不驚訝。

「搞什麼啊，我，妳應該好好向人家道謝吧？」

她嘲諷地笑著。

「哈哈哈哈哈哈，沒差啦！」

橙髮長度齊肩，髮尾呈現一直線，臉上掛著意志堅定的粗眉，那孩子——毫不示弱的放聲大笑。

不在乎他人的眼光——恣意地笑著。

「請妳不要會錯意喔，心視。俺可不是去救崩子的。」

「欸？那是為什麼要去呢？」

「那還用說嗎？」

不久前才和人類最強承包人‧哀川潤一決死戰的人類最終。

橙色種子。

「當然是為了和最喜歡的好朋友戰鬥啊！」

想影真心，如此說道。

第六章

「在夢的一旁寫下人字邊，卻不知道怎麼念。」

接近大厄島的中心，有棵氣勢雄偉的大樹，那裡的人都稱它做六十世紀杉，並將它視為神聖的存在——大杉樹歷史淵遠而長，就連與信仰無緣的闇口眾都不得不對它心存敬意。甚至有人說它已經生長了六千年以上，如同它的名稱一般，在這個自然生態占了大半面積且包含日本將近九成的原生植種物的島上，它恐怕是最巨大的植物。

六何我樹丸用『鬼抓人』這個遊戲做比喻，其實是錯誤的，若是加以解釋上一些附註，大厄遊戲也算是從山麓起跑到六十世紀杉之間為止的跑步競賽。而用現代當代的正式名稱取名，它應該叫做『越野路跑賽』，或是深山裡的『生存遊戲』——而且是容許近身攻擊的生存遊戲。基本上，我樹丸是不會用這種外來的新穎字眼。

大厄遊戲的基本規則是這樣的。

沒有特定的人數限制，不論幾個人都可以共同進行遊戲——雖然會有一對一的可能，但在訓練的時候通常都是以五對五的形式居多。首先要分成負責『逃』的和負責『追』的兩組（分別稱為『兔組』和『狐組』），伴隨著遊戲開始的信號，兔組必需從山麓朝著六十世紀杉的方向跑去，接著根據時間差的不同（時間設定沒有硬性規定，可以是十分鐘，也可以是十秒，目前為止的大厄遊戲，還出現過一秒的設定）狐組便會出發——這部分就和『鬼抓人』相當類似。狐組和兔組不同，不需以六十世紀杉為目標前進，而是以狐，肉食性動物的『捕獵食者』身分，追捕兔組的成員。

當然，這和一般的鬼抓人，只要觸碰到對方的身體就算數的規則不一樣——所謂的大厄遊戲絕對沒有那麼和平。『捕獵食者』如同字面上的意思，行使暴力獵『兔』，然後才會被認定為『捕獵食』成功。

貼近身戰——

換句話說，只要沒有被暴力制伏，『兔』——兔組的人並不算被抓到。

同樣的，兔組可以做出抵抗。

也能直接擊退狐組。

若是說明得再仔細些，因為這樣的規則，基本上按照本身的技能分組，弱的人會被分進兔組，而強的人則歸進狐組。兔組的人在實力上如果占優勢，遊戲就不成立了，更何況，雙方產生拉鋸是最好的，若能勢均力敵則更為理想。

以上是『鬼抓人』的部分，至於哪裡像是『跑步競賽』呢？那是其實是兔組的勝利條件。如果兔組能躲過狐組的追捕，成功抵達六十世紀杉，拿到插在樹下的那只旗，即獲得勝利（狐組的人先抵達不算獲勝——若是拿了旗子，甚至把它藏起來，將會因為犯規而直接輸了這場遊戲。不過，在終點埋伏，倒是一個有效的戰略）。

此外，除了一對一，如果是傳統的多人數競賽，為了增加遊戲性質，通常會附加其他規則，這部分會由兔組的隊長決定。

兔組的組員需戴同款式的頭巾（不一定要是頭巾，但一般都是戴頭巾居多）。狐組的人只要奪去頭巾，就算『獵捕成功』——若是覺得自己不敵對手，而主動交出頭巾，這對兔組來說是一種投降行為——不過，即使奪去了組員的頭巾，並不代表兔組落敗。

一定要搶到兔組隊長頭上所戴的，繡有特殊標誌（闇口眾的印記）的頭巾，才算狐組的勝利——也就是說，兔組的其他成員，主要是負責誘導，分散對方的注意。

因為，只有兔組的隊長抵達六十世紀杉才是有意義的——即使其他隊員到了終點，拔了旗子（順帶一提，那只旗上也有闇口眾印記的刺繡），也會被判定無效，無關勝負。換句話說，就算兔組所有成員都遭到『捕獵食』，只剩下隊長一個人，遊戲還是不會結束。

同樣地。

以狐組的立場，他們不需要理會兔組的其他人，完全針對隊長發動攻擊就行了。而以兔組來說，他們必需非常小心，不能讓狐組發現誰是隊長——就是這麼一回事。

在遊戲的類型中。

比較像是行軍棋。

順帶一提，被奪去頭巾的兔組成員，便無法再加入遊戲（因此，在隊長失去頭巾的瞬間，隨即分出勝負），但狐組的成員，卻沒有被淘汰的問題。不論被兔組的人擊敗多少次，只要他還能動，只要**他還活著**，就能繼續參加。

如果說大厄遊戲是一種野地生存遊戲，這是兔組的奪旗戰，對狐組來說，則是一種變相的殲滅戰。

時間沒有一定的限制——不過，整個未開發的山岳地帶都在遊戲範圍內，其中當然也包含了石凪砥石所說的外行人『進得去出不來』的危險區域。當然，如果時間無限，對逃跑和能夠躲藏的兔組是有利的，因此（極端一點，打從一開始就不以六十世紀杉為目的，直接藏匿於暗處直至狐組筋疲力盡也是一種手段，這就屬於你追我跑的範疇）多半都會把遊戲時間定為十個小時。

若是『殺之名』的戰士，從山麓到六十世紀杉，以最短路程來說（雖然根本沒有所謂的道路），只需要四個小時，但途中必須防範狐組的追捕，因此，選擇最短路程的舉動可以說是相當愚蠢。他們一定會，小心再小心，迂迴再迂迴的前進——又要在時間內抵達六十世紀杉。

依照狀況的不同，或許還有更多細微的規定，不過這基本上就是大厄遊戲的進行辦法。

「喔——大致上瞭解了。是有些問題啦，但實際玩玩看就知道了！」

在無桐伊織的判斷下，屬於『不看說明書就開始玩遊戲的類型』的哀川潤，在大廳聽完六何我樹丸的說明（很明顯是在說謊），像這樣點了頭。

「使用整個島的生存遊戲啊，還真豪華呢！我雖然有參加戰爭的經歷，卻沒玩過這類的遊戲，不過，看兩津勘吉玩過以後就一直很想試試看！」

接著。

「我們條件，就只有一個。」

她說。

只有一個喔？一旁的伊織突然打了岔，當然，她絲毫不理會這種無關緊要的吐槽。

「不能殺人喔。」

那口氣。

像是在試探我樹丸。

「只要殺了對方任何一個人，就直接判落敗——這樣如何啊？」

「……哈！」

結果——我樹丸笑了。

這舉動也像是在測試哀川潤的氣度。

「沒想到妳會說出如此天真的話啊，死色真紅。話說回來，出去迎接妳的那三十個人，都被妳一個個踢進池底，生死未卜——實在太天真了。怎麼會這樣呢？人類最強。難道妳怕死嗎？還是怕出手殺人被殺呢？」

「沒有啊！」

哀川潤半開玩笑的回答。這對於本來就沒個正經的伊織來說，哀川這樣如此的態度讓伊織覺得十分親切，但對其他人來說，只會覺得惱怒罷了。

「那只是我的原則啦！我不殺人，不拿好人的錢。」

正確來說，那應該是送哀川潤來到這個島上的超級小偷，她的原則，更何況這句話其實是怪盜魯邦三世的信條啊！總之，哀川潤毫不臉紅說了出口。

「喔……不殺人啊！」

我樹丸。

用手撐著下巴——若有所思的樣子。

「話說回來……以前好像也有這樣的一個人啊，那個有著莫名堅持的死神——」

接著。

「好吧！」

他繼續說下去。

「余接受你的條件，不殺人。不過——關於人命，余無法做出保證也不會多做補償，雖說是遊戲，這仍是一場戰鬥，對余來說，更是一場戰爭——一決勝負。」

「咯咯咯，沒關係啊！你如果失手殺了我們的人，就算我們的勝利啦，如願以償！」

不知道她到底是不是認真的。我樹丸聽完哀川潤所說的話。

「那麼——遊戲就從明天正午開始，反正，一定是余獲勝。」

他說。

於是，大厄遊戲——就此展開。

對於無法掌握自己的命運這點，伊織有些不安（若是輸了這場遊戲，自己的人生將會就此改變，完全超乎預料），但都到這步田地，她說什麼也沒用了。這是一向粗線條的伊織，在本故事中第一次看人臉色——相反的，如果想要抱怨，也只有現在這個時機了。

話說回來，那還真是個弄拙成巧的時機啊！

隔天。

很不巧的下起了雨。

但這對於位於北國卻屬亞熱帶氣候的大厄島來說，沒下雨的日子才稀奇呢！年間降雨量是全國平均值的三倍——不論是颳風是下雨，還是狂風暴雨，都是理所當然的天氣形態。

如此的天候條件對六何我樹丸絕對是有利的——比起住在島上，熟悉風雨的他，就連六十世紀杉的正確位置都不知道的哀川潤，情勢完全處於下風。

雖然如此，哀川潤也不會對此多做抱怨——若是讓無桐伊織進一步舉例說明，她就是一個玩射擊遊戲的時候，會直接選擇「困難」這個遊戲等級的人，這也是也她一貫的風格。

然而，因為哀川潤的參加，狀況同樣有了改變。

如同先前所說的，大厄遊戲的參加人數無限——只要兩組能取得平衡就好。但就因為在裏世界被稱為死色真紅的她參加了遊戲，不論是兩隊的平衡還是遊戲的宗旨，全都被推翻，關於這點六何我樹丸是最清楚的——能讓我樹丸親自上場加入大厄遊戲的，也只有哀川潤。

為了和她生下孩子。

最強與不敗的結晶。
即使不是六何我樹丸——光是想像內心就會無比雀躍，那確實是某種必然的印象。
在忽視道德與倫理的情況下。
總之——先不論哀川潤響亮的名聲，把闇口眾三十人像是丟鉛球一般全都扔進池底也是不爭的事實，她若參加遊戲，肯定很難找到其他志願者。
與其說是害怕，還不如說這次的大厄遊戲根本就是哀川潤和六何我樹丸的對決——既然如此，也沒必要去扯人後腿，這完全就是闇口眾會有的反應和想法。
因此，闇口眾的參加者只有三名。
不用說也知道，生涯無敗，結晶皇帝，六何我樹丸是一位。
再來是他的伴侶，闇口眾大厄島首領代行，『空蟬憑依』，闇口憑依。
最後一位（嚴格來說，他並不屬於闇口眾），哀川潤本次任務的目的，死神鐮刀的所有者，他就是『殺之名』排行第七，從石凪調查室派來的死神，石凪砥石。
先不論情況為何，身為客人的他竟主動參戰，這令闇口眾上上下下震驚不已——除了工作，對一切事物毫不關心的他，為什麼會參加大厄遊戲呢？理由不得而知。
由於砥石沒有做出任何說明，大家只好自行臆測那個原因，會不會跟他所使用的死神鐮刀有關所以才會參戰呢？這確實是一個容易理解且合理的假設。
當然。
沒有人知道，他與零崎人識私下起了爭執。

總之，這三人——我樹丸、憑依、砥石，目前在大厄島同樣是最頂尖的人物，遙遙領先。以如此的陣容來**招待**死色真紅，也是理所當然的。

那麼，哀川潤這邊的參賽者又是如何呢？

人類最強承包人，紅色制裁，死色真紅，哀川潤是肯定參加的。

遭到全滅的零崎一賊，當中的倖存者，零崎一賊的鬼子也就是自殺志願的弟弟——顏面刺青殺人鬼，零崎人識。

還有同樣是零崎一賊的倖存者，零崎一賊的老么，自殺志願的繼承者——招牌是針織帽的殺人鬼，無桐伊織。

無桐伊織的參戰是為了自己的清白，而零崎人識則是為了保護無桐伊織，還有閻口崩子。

也就是說，這兩個人是因為情勢所迫，和一時情緒使然才決定參加遊戲。他們大可裝作自己無關，趁機逃走，但身在汪洋中的孤島上，即使想逃也逃不掉啊！

對此零崎人識他。

「我又闖禍了……！」

他在事後像這樣透露。

看樣子也發生過不少事（創傷）。

不過——這也要是能從大厄遊戲之中全身而退才有辦法發表的感想。

無論如何。

哀川潤、零崎人識、無桐伊織。

哀川潤這邊的參加者——**其實不只三人**。

還有她。

闇口崩子——也申請加入遊戲。

現在不屬於任何組織，沒有稱號，勉強來說出身闇口眾，是死神的妹妹，六何我樹丸的女兒——闇口崩子。

當然，這掀起了軒然大波。

「妳是笨蛋嗎！失去戰鬥技能的人怎麼能加入這麼危險的遊戲呢！長的可愛也不是這樣吧？喂，哀川潤！妳好好說說她啦！」

「是啊，崩子妹妹！這可是相當危險又有風險又不安全的舉動喔！可愛也不能這樣喔！哀川姊姊，請妳勸勸她好嗎？」

「嗯？有什麼關係？反正她那麼可愛。」

決定參戰。

議論時間，十秒。

不過，大厄遊戲是在大厄島的山岳地帶舉行，地形便成為相當重要的因素——雖說是三年前的情報，但具有遊戲經驗的闇口崩子參戰，對哀川潤來說絕對是一大助力。

哀川潤如此盤算著，伊織和人識更是連想都沒想到，這場遊戲的難度，可是比困難還要困難。

不，先不論難度，這場遊戲本來就不正常。

總之，哀川潤這邊的參賽者共四人——為了配合人數，闇口眾必需再找一名參賽者——闇口崩子目前的戰鬥能力形同外行人，闇口眾就算派出最低等級的人也綽綽有餘——但他們卻沒有這麼做。

就只有三人。

以最頂尖的三人應戰。

理由其實很簡單——對闇口眾來說，闇口崩子是不存在的，甚至沒算在對手之中。

不，不是沒算。

而是**不能算**。

在形式上已被闇口憑依的弟弟，大厄島的首領闇口濡衣給殺了的石凪萌太和闇口崩子，這一對離家兄妹——在這個島上是完全不存在的。

絕對不存在。

因此——必須要完完全全的忽略她。

而闇口崩子就是針對這點——利用了闇口眾的自尊和矜持。

基本上，遭到綁架且非自願來到這裡的闇口崩子，並沒有積極參與大厄遊戲的必要——如果說她是有計畫的參戰，卻又言過其實。

不過，說來說去，哀川潤若是沒能獲得勝利，闇口崩子也不用想能回到京都的『主人』身邊，所以，不管她喜不喜歡，態度積極還是消極，她都必須要幫助哀川潤。

無論如何。

想阻止生涯無敗的結晶皇帝獲勝，它的困難度——闇口崩子可以說是世界排名第三的瞭解。

大厄遊戲——其實就是互相殘殺。

（萌太的。）

（**萌太的母親——就是這樣被那個男人給殺了。**）

話說回來，仔細想想——因為崩子失去了戰鬥技能，闇口眾甚至連派個最低等級的戰士都沒有。換句話說，崩子的參加若是遭到認可，這同樣也代表我樹丸成功的加諸負擔在哀川潤的隊伍之上。

大厄遊戲的參賽者共七名。

六何我樹丸、闇口憑依、石凪砥石。

哀川潤、零崎人識、無桐伊織、闇口崩子。

無人知曉，沒有一個觀眾，極度具隱密性的遊戲，參賽者卻極度的華麗——反正，就是這麼一回事。

事情的演變就是這樣。

接下來就需須要決定，六何我樹丸隊和哀川潤隊，誰是狐組，誰又是兔組。

大厄遊戲有個不成文的規定，實力較弱的那組就會是兔組，因此，大家都會搶著要當狐組——這個世界上，沒有人願意承認自己比對手還弱。更何況，在這種情形下，面對的可是敵人。

所以。

「趕快猜拳決定啦！為這種事浪費時間實在太愚蠢了！」

我樹丸也接受了這個提案。

接著，他將手向內拗，握成一個圈，朝著裡頭偷看。

太落伍了吧！

現在誰還會有這種習慣啊！

在這個想法出現的同時，無桐伊織她。

（話說回來，這個人好像連猜拳都沒輸過啊——）

伊織想起他在大廳所說的話，正當伊織想提醒哀川潤的時候。

「好囉！剪刀石頭布！」

她的手已經伸出去了。

先考慮一下！

伊織的腳跨了好大一步，呈現單手向前的姿勢。

轉頭一看，人識的姿勢和她一模一樣。

看樣子，他們的想法一致。

默契絕佳。

但——六何我樹丸出的是石頭。

哀川潤是剪刀。

「喝喝喝！用猜拳決定比較好嗎——算了，掃興的話不說，余選擇狐組。」

「哈！贏了有什麼好炫耀的，我是故意讓你好嗎？你的生涯無敗如果在這種地方終止不是太無趣了嗎，結晶皇帝？」

哀川潤這麼說。

很明顯的就是在逞強，伊織心想。

接著又說。

「而且，我本來就想要選兔組，蹦蹦跳地，不是很可愛嗎？」

就算她再怎樣理直氣壯，在伊織看來都沒有用。

「——誰想要選狐組啊，笨蛋！」

無論如何，經猜拳決定，六何我樹丸隊是狐組，哀川潤隊則是兔組。

再來，他們需要決定的，是本次大厄遊戲的時間限制。

最短路程到六十世紀杉至少要四個小時。

當然，如同先前所說的，選擇最短路程絕對是最愚蠢的策略，但那指的是『殺之名』的戰士，他們的平均數值——哀川潤可不在這個範圍內。

即使是人類最強，也不到瞬間移動的程度，不過，要是她全力衝刺，應該可以用不到平均一半一下的時間，到達六十世紀杉。

關於時間限制，一定要經過十全的考慮——但也不是以哀川潤為主就行了。

畢竟，兔組之中，還有一個近乎普通人的闇口崩子——時間如果沒有設定在她能到達終點的時間，遊戲就無法成立，時間越長也能避免她成為狐組的獵物。

而有了闇口崩子加入的哀川潤隊，就可以從戰略性的考量下手——至少由實際參加過大厄遊戲的她所想出的戰略，一定能加分不少的。

雖然失去了戰鬥技能。

但她仍是個聰明伶俐的美少女。

也不知道哀川潤是不是這麼想的。

「……時間限制，就設定十個小時吧！」

最後，是由闇口憑依做出結論的。

這是大厄遊戲的最常見的時間限制，對闇口眾來說，也是在不損害自己的自尊心之下，最大的讓步。

就在哀川潤要說出「太長了啦，五分鐘就夠了。」這種推翻一切的回應，同樣先預測到這點的人識和伊織盡最大的努力，阻止了她。雖然很想花一整頁的篇幅來描寫那美妙的連繫，不過，這與本篇無關，只好忍痛省略。

十個小時。

有這麼長的時間——即使是失去戰鬥技能的闇口崩子，應該也能到得了六十世紀杉。

她充分地具備誘導功能。

不，說不定——她還可以。

擔任隊長的角色。

沒錯。

只要決定好時間限制，雙方就不需再做溝通——剩下的是速度和謀略的競賽。

兔組的四人之中，誰是隊長呢？

是哀川潤嗎？還是闇口崩子？

會是零崎人識？又或者是無桐伊織呢？

正常來說，一定會是哀川潤——沒有理由讓其他人戴上繡有印記的頭巾。只要在時間限制內沒有被人搶走，狐組就無法獲得勝利。因此。將頭巾託付給人類最強承包人再合理不過了。

反之，若是利用這個心態——將狐組三人的注意力集中在她身上，成為最強的誘餌，讓人識或伊織，甚至是崩子順利抵達六十世紀杉，該戰略的效益可是不容小覷。

在戰鬥的時候，哀川潤不喜歡小動作，但她也不是完全地不動腦筋。既然都叫做遊戲了，不論是趁人之危的奇襲，使出任何手段都沒關係。

討厭小動作，卻不排斥大動作。

她最喜歡揪出遊戲的ＢＵＧ，她的習性之中，當然也有這種像是頑皮的一面——

那份玩心，在她毫不猶豫地參加大厄遊戲的同時，也被敵方看穿了。

如果以準確度來說，百分之九十九會是由哀川潤擔任隊長，但可能性就必須分成四等分。

就因為如此，遊戲才有樂趣——更甚至還有長期設定的比較長的參加時間限制，這其實也相當合理。

然而哀川潤隊——兔組，決定隊長的時間，連一秒都不用。與崩子參戰時的議論不同，毫無疑慮的——一致通過。

居然用這麼短的時間決定大厄遊戲中最重要的部分，闇口眾一定會心生暗鬼（這也有可能是一種戰略）。在遊戲開始前先投下一顆震撼彈，算是可以報復剛才猜拳輸給我樹丸的「一拳之仇」。

不過，哀川潤倒不認為自己有輸給他就是了。

「咯咯咯！啊，對了，兔組是很可愛啦，但既然我們隊上有兩個殺人鬼，不如就取名叫鬼組吧！鬼被追殺的鬼抓人，這種設定也挺有趣的啊！」

哀川潤笑著。沒有人知道她心裡在想些什麼。

於是——時間來到正午。

在山腳下，伴隨著哨音，大厄遊戲正式開始。

◆　◆

「……如同字面上的意思，還真一種消遣啊！」

兔組──自稱鬼組──看著哀川潤、零崎人識、無桐伊織、闇口崩子四人在山中，四處流竄的背影，怎麼看都不像是要登山，那個穿著和服的女人，闇口憑依一臉憂鬱──碎念著，接著『啪！』地發出了好大的聲響，將鐵扇給展開。

「基本上，無論玩什麼遊戲最後都會由你獲得勝利──我樹丸先生。即使對手是人類最強也好，殺人鬼也罷，都不會有任何影響。」

憑依嘆了一口氣。

他現在目前卻是像個小孩子般，躍躍欲試──

「──太年輕了。」

「喔，說到年輕，余也還沒老啊！」

我樹丸，像這樣回應了自己的老婆──憑依。他的身上的衣著，也不像是個要登山的人。

「憑依啊！妳就把這一切當作消遣就行了──不過，妳和人類最強不是有賬還沒算清嗎？」

「應該不能這麼說。那只是一段痛苦的回憶──再說，先不論五年前，我是無法打敗現在的死色真紅的。」

「余好生羨慕啊──有位贏不了的對手，那應該很有趣吧！說實話，余很無聊──正如妳所說的，余一定會贏得這場遊戲。」

雖然因為之後能傳宗接代而提起了興緻──我樹丸笑了。

「對了，憑依，妳覺得誰是隊長呢？在這麼短的時間內做出決定——應該也沒時間玩什麼把戲。」

「是啊，會是誰呢——昨天就公布了大厄遊戲的規則，因此他們很可能在昨晚深談過對策。」

「那確實有可能，不過，想也沒用——她是隊長也好是誘餌也罷，無論如何，都不可能無視死色真紅的存在。」

「——你說得沒錯。」

「雖說是狐獵兔——但一不小心，反而會遭到兔子的攻擊。如此的行為並不值得表揚，不過大厄遊戲卻沒有明文禁止。那麼，余就按照計畫鎖定死色真紅吧！然後——一如往常的獲得勝利！」

「好，那麼我——就負責那個針織帽殺人鬼。那高風亮節、名聲遠播的自殺志願，他繼承者——她讓我有些在意。」

「喝喝！也不是完全看不出端倪啦——不過啊，憑依，可不能殺了她喔！數量稀少的女殺人鬼——目前極為少見的女零崎，不輸哀川潤的珍貴母體啊——如果只是斷手斷腳就算了，千萬不能傷害她的軀體。」

「……我知道。死色真紅的要求，附加的規則就是不能殺人——我怎麼可能做出不利於你的舉動呢？」

「是啊！我也知道。」

六何我樹丸晃動著肩膀。

語氣平淡，卻看似相當愉快。

「況且——說到斷手斷腳，那女孩的手，已經不在了。」

「嗯——她裝的是義肢，品質看起來十分精良……」

「那是罪口商會的作品吧！並不是正常的義肢。不知道她是如何得到的，但確實是件好東西。」

「罪口商會啊……我其實不太瞭解。濡衣好像有與他們交涉的經驗，訂購了非殺傷性的手槍……啊啊，活用那個武器的對手就是自殺志願吧！這麼說來——也算是有緣。曾經與濡衣對戰的自殺志願，他的繼承者竟然會在因緣際會下和濡衣有親屬關係的我交手。」

「濡衣——他如果在島上，我一定會邀請他參加遊戲的。竟然在死色真紅大駕光臨的時候離開，還真是個機靈的傢伙。」

「畢竟他是——暗殺者。」

「待會兒見。」

喔！我樹丸看著憑依。

「憑依啊，為了以防萬一，妳還是小心一點好。妳和余不同，並不是永遠無敗。」

他說。

憑依聽完。

「好的——雖然那可能性微乎其微。總之，我一定會用盡全力不會成為你的負擔。」
她像這樣回答著。
話雖這麼說，但從她的口氣聽來，似乎沒想過那個萬一。
「那麼——那女孩由妳負責，就還剩下另一人，自殺志願的弟弟。在難以捉摸的程度上，他可是勝過哀川潤啊——交給你沒問題吧，砥石？」
說完，我樹丸轉過身去——砥石不發一語地站在那裡——扛著布滿圓形花紋的死神鐮刀。
現場唯一著登山裝扮的人——沒撐傘的部分，倒是跟其他兩人一樣。
絲毫不在意不停降下的雨。
我樹丸和憑依本來就是大厄島的居民——不過，待在島上不久的砥石，不需撐傘的理由，倒不是因為他適應了這裡的氣候。
不。
他——石凪砥石。
任何事都不會讓他投入——更不用說是親近。
因為——他是死神。
「……當然。我樹丸先生，交給我吧！」
砥石說。
「那個殺人鬼——是我的。」

口氣一樣沒有情緒。

「我會——殺了那個殺人鬼。」

「……一旦殺人就輸了這場遊戲，余雖然允許你的自由，但砥石，最基本的遊戲規則你還是必須遵守。」

「如果是被我死神所殺，不管對方是誰，那都是他自己的命運……規則是防範不了的。」

砥石想起了那個殺人鬼。

——零崎人識。

回想著。

在雨中。

「不過……請你放心，我樹丸先生。雖然我不打算遵守規則，但我會盡自己的義務。畢竟，這是我的工作——我的天職。」

砥石像是在宣誓自己的決心似的，轉動了手中的鐮刀。

「至少——我會替前一個人收拾殘局。」

「這樣啊，余瞭解了——」

我樹丸瀟灑地點頭首肯。

「——那麼，差不多該出發了。狐組要比兔組晚五分鐘出發——時間應該到了吧？」

「是的——出發吧！」

（…………）

（……真是的。）

看著我樹丸和憑依的背影，砥石感到有些詫異。對於毫無感情滿腦子只有殺意的石凪砥石來說十分難得，而他自己也發現了這件事。

（都到什麼時候了，仍舊忽視闇口崩子的存在不說，甚至連對策都不想，就直接開始遊戲——如果他們真的是別人的父母親，所謂的家人一定無趣又無聊。）

有趣的是。

這和零崎人識對闇口眾所抱持的看法及感想，幾乎一模一樣。

第七章

「很遺憾讓你等了那麼久。」

◆　◆

「我不是隊長。隊長是哀川潤或是闇口崩子其中一個。」

如果要問，對零崎人識來說，零崎雙識是怎樣的哥哥，現在並不是談論這件事的時候——但至少，雙識絕不是最瞭解零崎人識的人。

他是零崎一賊中，與人識最為親近的殺人鬼，不過，就自殺志願，都無法完全看穿人識的內心。

沒有人瞭解零崎人識。

他也無法理解任何人。

在世界上，他總是一個人，像是活在別的次元裡一樣——當然，人識在還是中學生的時候，就懷抱如此的煩惱。

那交互的不理解在他與匂宮雜技團的王牌，匂宮出夢決裂之後，反而變得不重要了——因為，他徹底的切斷了與外界的互動。

中學畢業後的流浪生活改變了他——或許應該用使他惡化的說法更加比較貼切。

現在的人識，與其說不被理解、無法理解——還不如說他不願理解，也不打算理解，消極地面對一切。

不過，他本人卻沒有自覺——就這樣走到哪算哪，就連他自己也不知道該如何表現零崎人識這個存在。

無桐伊織在人識周圍所感受到的高牆，其實就是他的防護罩。那並不是一條無法進入的防線，他自己本身就是一團看不清的黑暗。

因此。

零崎人識，沒有人能夠瞭解他。

就連他的哥哥，自殺志願也不是那個能了解他的人。

但零崎雙識——即使無法理解，甚至不需要理解，他完完全全接受了那樣的弟弟。並深愛著他。

零崎一賊雖然以家族情感著稱，不過，能夠做到這個地步的——只有零崎雙識。能夠**毫不理解地深愛著他不理解的人**——只有他做得到。

因此，零崎雙識才會是零崎人識唯一認同的家人——也是他唯一的家人。

先不論這些。

人識像這樣喃喃自語——一邊沿著山路朝六十世紀杉前進。雖說是山路，但那根本不能算是一條路。地面泥濘不堪，即使穿著登山鞋，一不小心仍會摔個四腳朝天，因此他不得不踏著不熟練的登山步伐。

再說，這裡可是不是一般的森林，而是未開發的原生林——雖然土壤極為潮溼，但由於茂密的樹林遮住了大部分的雨水，明明沒有撐傘，感覺卻像是走在屋簷底下。

「話雖這麼說……也不全只有好處。」

能夠使用的工具，只有防水的地圖和不可靠的羅盤，再來就是裝有最低水量的寶特瓶。如果真有人這只帶這些東西上山，我倒想和他見個面呢！不過，應該要準備哪些東西才對呢？人識不是專家，當然也不會知道。

他只知道，如此的情況要以太陽的位置做為基準，但是卻看不到太陽——因此，也只能憑直覺啦！

人識對於自己的方向感頗有自信，應該能夠順利的抵達六十世紀杉——這對伊織來說可能就有些困難了。

途中，他看到幾匹鹿。

體型都非常的小——本以為是小鹿，不過，牠們好像就只能長到這麼大——在再這樣物種多元繁雜，山勢險峻的地區，對動物來說那或許是最適合的大小。

「啊——這麼說來，我和伊織可能會比哀川潤容易行動喔！……可惡，我竟然自己說出傷害自己的話。」

雖都是山但和竹取山完全不同欸——人識自言自語的走著。途中有好幾次都要滑倒了，伸手抓住樹枝或樹幹才能支撐得住。

「——那是竹林嘛，所以不一樣啊！」

人識戴著手套，但前天他自己在我樹丸的庭院，用手猛捶岩石，手指的部分因而破損不堪，不過，依舊能派上用場——問題比較大的，反而是手套內傷痕累累的那雙手。

本以為傷勢不重，隔天就會好了——實際情形卻沒有那麼樂觀。
傷口全都腫了起來。
說不定連骨頭都裂了。
（果然還是比不上人類最強啊——我的復原能力普通得可以。）
要抓住樹枝和操作羅盤、地圖並沒有什麼問題，但像是曲弦線那樣精密的動作，就有些困難。
像這樣到處都是樹枝或岩石那樣，適合懸掛線繩的環境，正是曲弦線能夠大展身手的戰場才是啊！怎麼會犯下如此粗心的錯誤呢？算了，那時候連大厄遊戲是什麼都不知道，更不要說是規則和場所了——不。
就算事先知道，也不會有任何改變。
欠缺忍耐力。
做事又不考慮想後果。
「仔細想想，崩子跟我到底有什麼關係——為什麼要替戲言那傢伙守護他的小抱枕啊！每次都一樣每次都一樣每次都一樣！我搞不好會為了救路邊的小貓而死，不對，是小鹿嗎？我的角色真的很吃虧欸——啊啊，好想回家，以我的形象來說，不去理會她們比較帥吧？然後只要在畫面右下方的視窗內負責說明就好。啊哈哈！」
山勢陡峭——基本上都是傾斜的。
想過要抄近路，試圖攀上聳立的懸崖——但他很快就體會到那是不可能的，就在他打消念頭，轉身的瞬間——人識他。

打從心底露出了厭惡的表情。

「……怎麼會這麼早就被發現啦——連一個小時都還沒到欸！這是因為我平時沒做好事嗎？有吧？我不是都要好好照顧伊織和崩子嗎？」

「…………」

聽完人識的抱怨——視線的前方，那不畏雨勢，扛著死神鐮刀的青年，石凪砥石就站在那裡，沉默了一會兒。

「還真敢說！」

他呼的一聲嘆了氣。

「剛才明明想要丟下她們獨自逃跑，別笑死人了。」

「什麼嘛？你聽到了啊！」

「說什麼要在畫面右下方的視窗內解說就好，不好意思，這並沒有你想象中好笑。」

「連我的自言自語都要批評啊！看你一副不在乎的樣子，個性真差欸！」

「誰想聽啊——我也沒想到會這麼早就發現你啊！本來還想要好好享受這個遊戲呢！不過，一點都不好玩。想要找到一面走路一面發牢騷的你，跟抓鹿一樣簡單。」

「……看來，要趕快改掉自言自語的毛病。」

啊哈哈！人識說完——呈現備戰姿勢。

握緊拳頭。

在經過與澪標姊妹日常戰鬥的洗禮後，理當有所長進——但不知道是否足以應付石凪砥石。

不，應該說。

是否打得過——死神。

（那死神——散發零崎般的殺意。）

（本來就是一個——奇怪的傢伙。）

說實話，可能贏不了。

如果是之前的自己也就算了——但如今……

（如果是與我決裂後的出夢，這點殺意對她來說根本就是小意思——但對身為零崎的我來說，有些吃力。）

「對了，我還是先問問你好了。既然都有丟下她們逃走的打算，不如就告訴我吧！你的頭巾裡有隊長的印記嗎？」

「啊？沒有沒有。我又不是隊長！誰會將那樣的重責大任交給我啊！你還是趕快到其他人那裡去吧！」

「……看樣子，只能用蠻力來確認了。」

「呿！既然你不相信，一開始就不要問我啊！」

人識嘟著嘴。

態度相當胡鬧。

「我曾經與不少戰士交手——卻好像沒有跟石凪調查室的人一起玩過欸！啊，那個，這麼說來，老大以前好像有說過……」

「自言自語的毛病……完全沒有改善欸，你還好嗎？」

砥石——將死神鐮刀的尖端，對著人識。

「真可惜——沒辦法在死前治好！」

「……不是說好不能殺人嗎？」

「是啊，不能殺人。」

砥石語調單板。

「不過——如果是你自己尋死，我也阻止不了。雖然屬於『殺之名』排行，但我們石凪調查室從不殺人的，只在一旁等著——人就自己死了。」

「無法選擇的被生下來，然後莫名其妙的死去嗎？啊哈哈——真是的，我昨天才在跟伊織說呢——沒想到聽到這句話，會令人這麼火大，我突然好想揍你喔，石凪砥石。」

「不是想殺我嗎——你，才不要忘記遊戲規則呢。」

我可不想死，石凪砥石說。

我也一樣啊，零崎人識說。

於是，就在茂密的山林之中，強勁的雨勢之下。

不需多說——戰鬥就這樣開始。

無法選擇且莫名其妙地，開始。

◆　◆

「我不是隊長，崩子妹妹也不是喔！」

無桐伊織比零崎人識更輕易地被發現，輕易地被追上，輕易地被圍住，機械化的雙手，像是要支撐掉落下來的天花板似的舉起——也就是所謂的投降姿勢。

輕易地發現她，輕易地追上她，輕易地圍住她，讓她機械化的雙手，像是要支撐掉落下來的天花板似的舉起——讓她呈現投降姿勢的人，當然是闇口憑依。

空蟬憑依。

雖被雨浸濕，但身上的和服卻沒有一點髒汙。反觀伊織（在被憑依追到之前。）就已滿身泥濘。

這才叫一流的戰士啊！

真是厲害。

伊織竟打從心底佩服了起來。

「……我身為闇口眾的暗殺者，除了主人所說的話，我一概抱持懷疑……但我從來沒有像現在這樣，懷疑過別人所說的話。」

憑依面向高舉雙手的伊織，用輕視的口氣說道。

「妳——根本就和普通人一樣啊！妳真的是零崎嗎？」
「唔，基本上是這樣沒錯。」
真是不好意思，伊織說。
不知為什麼，她臉上露出了害羞的笑容。
「不久之前我還是個普通的高中生呢，對於這個世界還不太熟悉。」
「…………」
她據實以報。
不過，憑依對她投以懷疑卻帶有同情的視線。
「總、總之，我不是隊長。憑依……憑依小姐？嗯嗯，妳還是去找其他人吧？具體來說，應該先去找人識，妳覺得呢？」
「妳說的——沒錯。」
憑依開口。
「既然妳不是隊長，我也不需要搶奪妳的頭巾。況且——妳真的是個很粗糙的誘餌。」
「啊，是，是。我真的很沒用，私底下大家都叫我相馬二號。」
「…………」
「啊，嗚哇哇！」
基本上面無表情的憑依，臉上卻露出一絲不悅。

（…………）

（果然——和崩子妹妹很像啊！）

這是伊織與憑依第一次說話——聽說她和我樹丸，還有其他闇口眾都一樣，把崩子當成死人看待，完全地忽視她。

（一看就知道是母女——為什麼要這麼做呢？）

懷抱如此直率的疑問，完全證明伊織她『對這個世界不太熟悉』這點。不，或者應該說——這也是為什麼，無桐伊織會是零崎一賊的殺人鬼。

注重家族情感。

零崎一賊。

「請妳放心——無桐伊織小姐。妳的身體對我樹丸先生來說十分重要，我不會傷害妳的。」

「對、對我來說，這個身體也是非常重要。」

兩手仍握著拳，伊織提出反駁。她目前的雙手，也就是義肢，經我樹丸的鑑定，應該是『咒之名』排行第二的罪口商會的作品，而且還是最新型號的高級製品。材質堅固，體積卻格外輕巧。若是長時間維持這樣的姿勢，肯定會感到疲憊，但伊織卻絲毫沒感受到痛苦。

不對。

這副義肢並不是製造來讓人「舉手」用的。

義肢的製作者（伊織並不知道他的全名。）罪口積雪如果知道，它在這部分發揮了便利的功效，一定會覺得很無奈的。

「懷孕還是墮胎什麼的，又不是在寫手機小說，我才不要呢！」

「……最近增加了不少元素喔！」

「欸？」

「我是說手機小說。」

憑依如此說道。

順帶一提，這段對話的內容，幾乎和人識昨天與崩子的交談完全重復。

雖然憑依不像是個會使用手機的人。

「再說，再、再說啊，妳怎麼可以這麼冷靜呢？那個，我樹丸先生不是妳的丈夫嗎？妳竟然還在一旁幫助他與我和哀川潤生孩子，這是外遇行為吧？」

「……年輕真好。」

面對伊織（拚命）的指控，憑依則是靜靜地搖頭。

「令人羨慕啊，那種感覺——不過，我就是闇口眾的人。我雖然是六何我樹丸的妻子，侍奉的主人卻另有其人喔！」

「啊？」

「他是我的丈夫，但不是我的主人。闇口眾的奴性，即使是經驗尚淺的妳也有聽說過吧？」

「奴、奴性——」

「那就是闇口眾。一輩子為了自己的主人而活，更引以為傲的奴隸。主僕觀念之深，甚至**超越自己的家人**。如果說到外遇，先外遇的人可是我——不過，那外遇的對象可就是我樹丸先生。」

——憑依說道。

「沒事的，生完小孩之後，妳對我樹丸先生來說也沒有利用價值了，隨時都可以離開。死色真紅——和自殺志願的弟弟也是一樣。」

「……有包含崩子妹妹吧？」

「她——是誰啊？」

憑依的反應——彷彿她從未聽過那個人的名子般。

「剛才也有說到對吧——她是誰呢？名字要怎麼寫呢？」

「…………」

（原來如此——這就是所謂的闇口啊！）

（那麼——）

「……還好我是零崎耶！」

「啊？」

「不不，我是在說我自己。」

關於闇口眾的奴性，雖不清楚但確實有所耳聞。

還以為——憑依的『主人』就是我樹丸先生呢！

因此——才能像這樣。

睜一眼比一隻眼的容許這一切。

（比起家人——主人為優先。）

（打招呼的時候應該很困擾吧？）

「——讓我們回歸正題。無桐伊織小姐，我不會傷害妳——只要妳直接投降，不做無謂的抵抗。不過，我樹丸先生可以允許四肢的殘缺，妳最好不要輕舉妄動。」

「我——瞭解了。」

「這樣啊。」

接著，憑依她。

「交出妳表示投降的頭巾吧——妳的證詞實在太可疑了，不過我相信。像妳這樣比普通人還要糟的戰士，不可能會是隊長的。」

「比、普通人還糟？」

低於普通人的評價。

是哪裡不對呢？

「可是啊，這很難說喔！搞不好這是一個手段高明的圈套啊！」

「就憑連普通人都稱不上的妳？」

評價又更低了些。

她似乎逐漸露出了本性。

「總之，交出妳的頭巾就知道了。要我用武力搶奪也沒關係，不過，如果出了什麼意外，可不干我的事喔！」

「好、好的。我知道了。」

「那麼，就請妳趕快動作吧！」

「我可以把手放下來嗎？」

「當然。」

「不、不好意思。」

憑依像是切換了另一個模式似的，再繼續談話，可能會有危險。伊織慌慌張張的脫下了褲子。

「……我並沒有同志的傾向，在我面前表演脫衣舞也是沒用的。」

「不、不是啦！妳又不是雙識先生，我用不著這麼做啊！」

零崎雙識其實沒有這樣的癖好。

這是伊織隨口胡謅的。

「我把頭巾藏在褲子裡啦！」

「還好發現妳的人不是我樹丸先生，不然，現在已經開始製造孩子了吧？」

「不、不要說那麼可怕的話嘛！」

「在如此浩瀚的大自然中，露出自己的下半身，難道不覺得羞恥嗎？」

「又不是露內褲，當然不會啊！」

「……看起來就像是內褲啊！」

「嗚喔喔！」

這麼說來。

自己似乎忘了在內褲外加一件安全褲了！

「嗚喔！怎麼變成大放送了……」

「也不算大放送好嗎……對手如果是砥石也就算了。」

「啊！他看起來就很悶騷，裝出一副酷酷的樣子，那種男人最喜歡女色了！說不定還會興奮地說出『殺人鬼的小褲褲最棒了！』之類的話。」

「雖然是我提起砥石這個人……那孩子真的有在妳面前顯露出這一面嗎？」

「沒有。不過那個年紀的男生不都這樣嗎？」

不止是自己身邊的人，就連對敵人她都能大言不慚地發表自己的意見。無桐伊織將褲子喀啦喀啦穿了回去。

接著取出了大剪刀，『自殺志願』。

用嘴咬著。

「……妳這是什麼意思？」

「妳說呢？」
銜著剪刀——伊織說。
「就如同妳所看到的——零崎要開始了！」
「看樣子妳瞧不起我啊？」
實在太年輕了——
憑依對伊織投以輕蔑的視線。
「別太囂張，妳這個劣化的普通人，怎麼可能贏過我呢？」
「劣化的普通人！這句話太驚人了！」
伊織的反應誇張，接著做出辯駁。
「以正常的戰鬥模式，我是贏不了妳的——不過這可是一場遊戲。伊織可是最會玩遊戲了！」
「喔？」
「妳受到的束縛很多——按照遊戲規則，妳不能夠殺了我，我樹丸先生也不許妳傷害我。相反的，我卻很自在——所以，我要致妳於死地。憑著自己的本能與才華，用盡一切力量，殺了妳。」
畢竟。
實力上的差距過於懸殊，我也不可能真的殺得了妳——
伊織笑了。

笑得像是個殺人鬼。
「總之——我會認真的對妳動手，妳就繼續手下留情吧！闇口憑依小姐。」
「……相當自以為是嘛！」
「我一直都是這樣啊！」
我啊，伊織說道。
「我——是絕對不會再逃避了。」
「…………」
「無論是什麼情況，什麼對手，**甚至是從自己體內湧出的殺人衝動**——我都不會逃避。」
逃。
逃避。
我不會再這麼做了。
無論如何——一定主動去面對。
「我似乎——有點小看妳了。」
憑依她。
眯起眼睛——從腰間取出鐵扇，啪地一聲將它展開。
「不過，妳沒聽清楚嗎？妳的價值只在於母體，並不是完全不能傷害妳啊！怎麼會搞錯呢？妳沒聽清楚嗎——我樹丸先生並不在乎妳的四肢是否完好。」

「是啊，我不是說我知道了嗎？」
就因為如此，伊織說。
一邊向憑依展示銜在口中的『自殺志願』——
「我可是那個自殺志願的妹妹喔，」
她說。
「斷手斷腳——才不算在受傷的範圍內呢！」

◆　◆

「隊長不是我——也不是哀川潤。」
闇口崩子非常清楚自己在這次大厄遊戲之中所扮演的角色——要怎麼表現，該如何為兔組（鬼組）帶來幫助，於情於理——聰明的她，完全掌握了要領。
隊員中唯一參加過大厄遊戲的人。
就因為如此，有些事只有她做得到。
她也必須要這麼做。
至少，她是唯一能掌握終點六十世紀杉的確切位置的人——我樹丸理所當然的只準備了三份地圖和羅盤，不過崩子也不需要這些工具，這不知道是她第幾次前往六十世紀杉。

但是。

思緒十分清晰，身體卻無法跟上進度。

失去戰鬥技能也就算了，身上的衣著也不對——沒有人會穿著洋裝和涼鞋爬山的。昨天光是下山就費了一番功夫——更不用說是上山了。我樹丸和憑依或許穿著行動不易的和服，腳踏草鞋也沒問題——然而目前的崩子，每走一步都要擔心會不會摔倒。

沒想到**實際情況這麼糟糕**。

完全還沒達到預期進度的一半。

在這樣下去，一定會成為大家的拖油瓶——如果真是如此，當初就不應該信誓旦旦地加入遊戲。

（一定要努力。）

（努力、努力、努力！）

最後。

全身都被雨水和汗水浸濕，崩子拖著沉重地衣服及腳步，突然不知道自己是為了什麼而努力——不顧人識和伊織的反對——自己只不過遭到綁架——對於萌太的鐮刀，也沒有太多的情緒，如今，這些好像都不重要了——就在她思考這些問題的時候。

崩子與我樹丸擦肩而過。

在山林中相遇了。

六何我樹丸。

生涯無敗的結晶皇帝。

我樹丸他，當然是在追尋哀川潤的蹤跡——在猜測誰是隊長之前，在這個島上，只有六何我樹丸能夠和死色真紅，哀川潤相抗衡。

即使只是個晃子也無法忽視，我樹丸雖為狐組的一員，但在這場遊戲之中，他必須要負責哀川潤。

因此，這真的只是個偶然。

他並不是為了追尋崩子，而來到這個地方——嚴格來說，崩子沒想到，那些既知的問題，竟會如此棘手且耗費時間，這可以說是命運的戲弄吧！

完了。

她心想。

在目前的情況下，失去戰鬥技能的崩子，她必需得遵守的最低條件，就是不能遇見狐組中的任何一個人。

『鬼抓人』、『跑步競賽』。

如果用同樣的方式來比喻，對崩子來說，大厄遊戲的性質比較接近『捉迷藏』。

不能進行到戰鬥。

只要被人發現，便宣告結束。

但偏偏是六何我樹丸。

（運氣實在太差——沒有別的原因。）

（這雖然是偶然中的偶然——但依舊是自己的責任。）

都是我的錯。

話雖如此，仍沒有一點辦法，支配全身的疲勞再加上徒勞無功的情緒，使得崩子的思緒停頓——接下來所發生的事，卻令她震驚不已。

我樹丸無視崩子。

就這樣——走了過去。

「…………！」

她全身——都在顫抖。

我樹丸的腳步——卻完全沒有動搖。神情依舊，態度自若，甚至連看都沒看崩子一眼——就這樣走了過去。

就算視線不在她身上。

也一定出現在視野之中——不管崩子的身材有多嬌小，都不可能看不到她。

無視。

闇口崩子——在六何我樹丸面前，是不存在的。

（…………）

（……呵、呵、呵呵呵！）

臉，不由自主地抽動——她笑了。
原來是這樣啊！
我——對你來說連隻蟲都不如。
即使是在如此的情況之下——就因為在如此的狀態之下，才變本加厲的。
變本加厲的，無視。
倘若她們出了奇招，要我當隊長——也無所謂嗎？
算了。
反正——我什麼都不會。
他是這麼想的嗎？
先不論隊長——就連誘餌都無法勝任嗎？
就只是個透明人——抑或是死人。
根本就是不存在的。
原來是這樣啊！
喔喔，原來是這麼一回事啊！
「對於失去戰鬥技能的我一點興趣都沒有嗎……也是啦——不然萌太的死，就沒有意義了——」
萌太挺身而出，保護了我。
不讓我受到傷害。

我應該要為了**自己被那男人和那女人無視這件事**而感到開心才對——

謝謝。

謝謝你們無視我——

「——**別開玩笑了！**」

幾乎在毫無意識的情況下。

連想都沒想，崩子——撿起了腳邊的一塊小石頭，奮力朝著我樹丸漸漸遠離的背影丟去。

在那種狀態下，應該沒什麼準確度可言，不過，飛過去的石頭卻剛好直擊六何我樹丸的右肩。

用了直擊一詞，感覺上力道十分強勁，但那不過是個十三歲的孩子丟出的小石子，我樹丸根本連躲都不用躲。

事實上，我樹丸被石子擊中後，仍然頭也不回的繼續前進。

沒有一絲動搖。

越走越遠——一副什麼事都沒發生過的樣子，在雨中，按照自己的步調。

在那之後，崩子又扔了幾個石子過去，但因距離拉大，最後根本觸不到他。

「呼——呼、呼！」

這個動作讓她起氣喘吁吁。

手都快舉不起來了，毫無意義的投擲也無法繼續下去。

很快的，他消失在樹木縫隙間——

「我——我一定會贏的，六何我樹丸！」

崩子——不顧一切地發出怒吼。

扯著喉嚨，放聲大喊。

「因為，你不會殺我！也不會與我戰鬥！拿石頭砸你也不會反擊！然後裝作若無其事的樣子，匆匆離開！面對一個只有十三歲的女孩，無法戰鬥的我，和死人沒什麼兩樣的我，你竟然只會夾著尾巴逃走！」

自己為什麼會做出這種事。

崩子無法理解。

（我，為什麼……）

（為什麼會說出這些陳成腔濫調的臺詞，逞強的話語，將自己僅存的自尊與矜持全都扔在地上，失控吶喊呢——）

她覺得自我正一片片地碎裂、崩壞。

無法阻止。

那些話，不斷從口中宣泄而出。

「所以，你一定會輸的！真是大快人心啊，六何我樹丸竟然會輸給我！啊！啊啊！」

「…………」

突然。

六何我樹丸——停下了腳步。

站著不動。

即使如此，他仍未轉過身來——如果就此結束，那將是崩子的最後機會。

現在還來得及。

不過——她卻沒有退縮。

甚至——再往前了一步。

「生涯無敗——你輸定了！」

沒有比這句話更能惹毛六何我樹丸的事了——這絕對是禁忌中的禁忌。比起取笑人識是時尚努力者，跟無桐伊織被叫做心機娃娃妝還要嚴重。

或者。

是要人類最強，跟軟弱完全切割一樣。

於是，六何我樹丸——回頭了。

那表情。

很明顯——失去了餘裕。

絲毫不見他平時所流露出的霸氣。

瞳孔放大——脖子上的青筋清晰可見。

「……小鬼，妳知道妳說了不該說的話嗎？」

我樹丸立刻走了回來——朝著崩子的方向直線前進。

腳步沒有一點猶豫。

雙眼直瞪著崩子，視線一動也不動的。

無法忽視。

近而直視。

甚至是——敵視。

（嗚、嗚嗚嗚嗚嗚——）

（對不起，戲言玩家哥哥——）

應該，活不成了吧！

闇口崩子，她的生命在這裡走向終點。

因為一些沒有什麼意義，不知天高地厚的暴言，因為一些不重要的理由，她丟了性命。即使六何我樹丸遵守了遊戲規則，但只要輕輕一擊，她應該也會因為傷勢過重而死。

與誓言效忠的對象一點關係也沒有，因為個人的行動——丟了性命。

（但、但是——真的很抱歉。）

（我、我。）

我——是妹妹。

我不會忘記萌太的。

戲言玩家哥哥——並不是萌太的替代品。

「余是六何我樹丸——想玩遊戲是吧?妳這個死不足惜的丫頭，余奉陪到底!」

「我是闇口崩子!你這個輸不起的臭老頭，放馬過來吧!」

生涯無敗與默默無名的十三歲少女。

如同天與地，雲與泥。

在惡夢般的實力差距下，他們的決鬥——就此展開。

◆　◆

「我不是隊長，不過隊長是位男性。」

口中念念有詞——

哀川潤眺望著好不容易看到全貌的六十世紀杉，用不滿的口氣碎念著。

「……唉，再這樣下去，我就要抵達終點，拔出旗子了耶!」

即使是不熟悉的山路。

大雨，泥濘。

大厄遊戲開始後大約一小時，用不到遊戲時間的十分之一，終點已在哀川潤眼前。

不過，這也沒什麼好驚訝的。

她無視遊戲的玩法，沒看地圖和羅盤一眼，選擇了最短路程就直接出發——一路上又不見狐組的人前來阻撓，一切再合理不過了。

選擇最短路徑是最愚蠢的行為。

但就是因為沒有人會這麼做，反而成了盲點。

哀川潤出其不意的正面迎擊。

遊戲開始後，兔組（鬼組）完全沒有討論對策或是計畫。

只要決定好隊長是誰，接下來就按照各自的方式，扮演好負責的角色。

他們的作戰計畫就是這麼簡單。

成員本來就沒有什麼一致性，大家都認同這種方式比較適合。

她的實力只剩下一成。

所幸無法從外觀上得知，敵方也尚未發現這個事實（人識和伊織以為還有兩成），因此哀川潤必需把登山的勞力消耗減到最低——為了保留實力。她想，在終點處應該免不了與六何我樹丸大戰一場。

然而，她完全多慮了。

六何我樹丸，目前正在和兔組（鬼組）最弱的隊員，闇口崩子戰鬥呢！

「哇！大厄遊戲也太無聊了吧！」

哀川潤開始放慢速度。

從褲子口袋拿出頭巾，用手甩啊甩的。

不過，卻沒有人在看她。

或許她是在期待著——但真的一個人也沒有。

「實在太令人失望了，聽那個美少年說起的時候，我還期待了一下！」

不知道是哪來的念頭，哀川潤沒有將頭巾收好，反而將它當成髮帶，綁起了馬尾。

雖然沒有顯露出一絲疲態，但看她把及肩的長髮給束起，或許是流汗了吧？不，也有可能只是被雨淋溼了。

「還跟個白痴一樣，全副武裝……還是換我主動出擊呢？這麼一來，就算遇到的不是六何我樹丸，憑依或砥石也能陪我能打發時間吧？啊啊，該怎麼辦呢——」

目前的狀況，對哀川潤這個戰鬥狂來說確實太無趣了。

用大厄遊戲分出高下，她本來就不喜歡這個方式，沒想到結果更是差強人意。

也難怪她會唉聲嘆氣了。

不過，這份憂鬱，她早已習以為常。

其實，在她工作的時候，大部分的對手都會被人類最強的稱號嚇得逃之夭夭。就算她真的主動去找憑依或是砥石，他們也不見得會陪她戰鬥。

樂觀主義、享樂主義、個性積極，能夠享受一切的哀川潤——唯獨在戰鬥慾這件事上，卻很少得到滿足。

如同一隻野生的老鷹，總是餓著肚子。

但那對工作來說沒有一點幫助的不良嗜好——可能是平常做善事的福報吧！終於在今天，讓她得償所望。

「哈哈哈哈——哈哈！」

只要再翻過一個斜坡就是六十世紀杉，不過，就在這個時候——她出現在眼前。

人類最終。

橙色種子。

想影真心——站在那裡。

頂著及肩的橙色短髮，如同孩童般的身軀。在地勢險惡的深山之中，腳上不是草鞋不是木屐也不是涼鞋——竟然打著赤腳。

橙色的瞳孔。

正閃耀著光輝，直盯著哀川潤。

「我來找妳吵架囉——朋友！」

「…………」

這下，就連哀川潤也無言了。

她的震驚可想而知。

自己的繼承者、最新型號、進階版本的想影真心竟然出現在大厄島上，這完全就是超乎預料的情況啊！

「那個……真心妹妹啊。」

哀川潤苦笑。

開門見山地問。

「妳怎麼會這裡？」

「阿伊叫我來的。」

真心也很坦白地回答。

露出了潔白的牙齒，臉上帶著笑容。

絲毫不隱瞞愉快地心情。

「小哥拜託妳——為了什麼？」

「因為崩子被妳綁架了，所以要把她帶回去。」

「戲言跟班那傢伙！」

哀川潤別過臉，嘖了一聲。

「竟然妨礙別人工作，不知感恩的臭小子。上次煽動我與妳對戰，這次居然又委託妳來做這種事。」

「不只阿伊喔！」

「啊？」

「還有美衣子啊、奈波啊、小隼啊、鵜鷺啊、芙蜜啊、沙咲啊、數一啊、小光啊、明子啊、春日他們喔！」

「不過就是綁架了崩子，竟然會招來這麼多層面這麼多人的責難？」

話說回來到底是誰散布情報的啊！哀川潤發出怒吼。

「——為什麼連鴉濡羽島的人都知道了！那個美少女難不成有後援會嗎？」

「俺怎麼會知道？」

「可惡！真是太過分了！」

哀川潤粗暴地抓著自己的頭。

「之前綁架小哥的時候，倒沒人生氣就是了。」

「妳連這種事都做過啊！」

真是個糟糕的傢伙，想影真心狠狠地說。

囉唆！哀川潤回嘴，然後像是突然想到了什麼似的。

「話說回來，妳是怎麼過來的？」

她問。

「坐直升機然後跳下來的。」

「小唄！下次我一定要揍死妳！」

那個背叛者！哀川潤立刻抬頭，看著天空，已經看不到那臺中型輸送機了。那個沒節操的小偷早已不見蹤影。

「嗯？欸？但我沒看到降落傘啊？」

「不需要那種東西啊，俺在那塊岩石上降落的。」
「妳還是人嗎？」
哀出潤忍不住吐槽。
這實在難得。
「你的計量表到底是怎麼和密室殺人事件搭在一起的啊？前期和後期的故事完全不連貫啊！」
唉！
如果經過冷靜的判斷，全世界只有她沒有這個資格能說別人。
不過，真心絲毫不理會哀川潤這站不住腳的吐槽。
「哈哈哈哈啊！」
想影真心高聲笑了。
「管他什麼道理呢？比起這些，我們趕快來吵架嘛！哀川潤。」
「——不好意思，之前被你打傷身體還沒完全康復喔！從外表可能看不出來啦，大概還剩七成！妳又是如何呢？大概是正常狀態的幾成？」
「百分之百！」
「也是啦！」
嗚哇啊！哀川潤完全五體投地。
用雙手遮著臉。

不過。

不過——那不是在感嘆。

嘴角明顯帶著笑意。

她很明顯的是在開心。

「沒錯，哀川潤。」

想影真心。

橙色種子——赤腳走向她。

「誰叫妳讓俺生不如死的活著啊——為了讓俺繼續活著，妳有取悅我的義務！不論何時何地，也不管妳的身體狀況如何。」

「對我來說——那是小哥的角色。那傢伙，總是偷懶，也沒有任何長進。」

「哀川潤，俺的夢想就能與與妳大戰千百回，贏一千次然後輸一萬次啊！」

「咯咯咯——算了，是我可愛的孩子，他的委託。反正我也正無聊著呢，就陪妳一會兒吧！」

對不起，我樹丸。我已經有小孩了。

哀川潤獨自呢喃著——把手放下，然後將頭巾塞進口袋裡，手插著口袋——對想影真心發動了攻擊。

紅色制裁 VS. 橙色種子。

哀川潤 VS. 想影真心。

人類最強VS.人類最終。
跨世紀的對決——就此展開。

◆　◆

就這樣。
零崎人識與石凪砥石，無桐伊織與闇口憑依，闇口崩子與六何我樹丸，哀川潤與想影真心——即使在最佳狀態都不一定能獲勝的戰鬥，人識沒有刀、不能使用曲弦線，伊織則是用尚未熟悉的義肢，崩子更是連戰鬥技能都沒有，而哀川潤也只剩下不到一成的實力，他們在如此的情況下，展開戰鬥。
一個意外的狀況，一個亂入的新角色。
大厄遊戲接下來的發展究竟如何呢？
「我不是隊長。隊長是哀川潤或是闇口崩子其中一個。」
「我不是隊長，崩子妹妹也不是喔！」
「隊長不是我——也不是哀川潤。」
「我不是隊長，不過隊長是位男性。」
一定有一個人在說謊。

第八章

「信者恆信，信者下地獄。」

◆　◆

潤小姐，我啊。

其實並不害怕死亡。

雖然引退了，但還是個死神。

從以前就是這樣。

該怎麼說呢，我的感官可能壞了吧？打從出生開始，就過著照本宣科的生活。

所以，我才會那麼尊敬伊哥——事實上，我第一次遇見比我還要崩壞的人。

伊哥十分有魅力。

崩子雖然選擇伊哥當她的主人——如果我真的是闇口眾的人，一定也會做出同樣的選擇。

真的，我希望伊哥獲得幸福。

我是說真的。

因為——對我來說，伊哥和美姊都比我自己還要重要。

我不在乎自己。

這是一種病。

自己的人生對我來說，就像別人的事一樣。

真的，無所謂。

殺人者總有一天會被殺。

傷害別人，同樣會受到傷害。

我是這麼想的，潤小姐。

但我一點都不怕殺人，也不怕傷害別人。

畢竟生在石凪調查室，這也是理所當然的。

只不過。

我雖然不怕死。

卻害怕——別離。

因為太過害怕，甚至不敢問崩子。

在那個島上過了十年。

離開那個島也三年了。

崩子是無辜的，一切都是因為我的自私和任性——十三年。

我們兄妹，真的幸福嗎？

我的妹妹。

闇口崩子——她真的幸福嗎？

◆　◆

奇蹟不會發生。

大多時候，戰鬥按照發生比進行。

零崎人識與石凪砥石的情況就是如此。

不過，若是以這次的戰鬥來說，對手是石凪砥石這件事，並沒有太大意義——人識並不是因為運氣不好才倒在地上的。

全身沾滿了泥土。

臉朝下，趴倒在地。

即使手沒受傷——在同樣的情形之下，還是會得到同樣的結果。

「我還以為，是之前受傷所留下的後遺症——看來卻不是如此。零崎人識，你**本來就是這樣**。」

有段時間，與人識過著奇妙同居生活的醫生。

繪本園樹——曾經像這樣對人識作出診斷。

「過度消耗自己的身體，到讓人不可置信的程度。伊君雖然和你差不多——但仔細想想，你的世界比他殘酷多了，這也難怪啊！只能說是理所當然的發生了一件理所當然的事。」

繪本對人識來說有些棘手。

那個闇醫師為什麼會令自己那麼困擾呢——當時的人識並不知道，不過現在，他完全明白了。

他討厭別人檢查自己的身體。

就只是討厭。

「話說回來，聽狐狸先生說，你是零崎之間生下的孩子。也就是殺人鬼間亂倫所生下來的殺人鬼——那或許說得過去，但其實，**你本來就沒有**戰士——『殺之名』排行第三的零崎一賊的特性吧？說不定你只是個披著『殺之名』的皮的普通人——佯裝出來的殺人鬼而已。」

現在回想，他真是個行為怪異，膽小怕事的醫生。

不過——他的診斷卻是相當銳利。

那股氣勢，雖不會令人識退縮，但同樣緊追在後。

「仔細想想，會讓狐狸先生產生興趣的，一直都是像你這樣的存在——例如橙百合學園那個不具戰鬥技能卻能指揮一切且的萩原子荻，以一介平民之姿，挑戰玖渚機關，一步也不退縮的伊君，還有一次又一次的背叛那些巨大的存在，懦弱的宴九段——十三階梯中最為普通的十二代目古槍頭巾，那些集團中並不顯眼，但卻獨一無二的存在——是他最喜歡的。」

（啊——別開玩笑了！）

（我才不在乎！）

當時。

應該是這樣回答的吧？

（我的出生確實和其他零崎不同，但從沒有因此感到自卑。）

（身為專業的戰士。）

（與出夢和玉藻和病蜘蛛——）

（都堂堂正正的對決過！）

「所以，你一定是有才華的，有能力的，才能在裏世界存活到現在，不過——如果要我一個闇世界裡的闇醫師發表意見，那確實是才華和能力……但那只是你為了配合周遭所做出來的努力罷了。」

（啊哈哈——什麼啊！）

（說得一副我是醜小鴨似的。）

（還是杜鵑鳥嗎？杜鵑會將牠生下的蛋，混入其他鳥巢裡。是叫孵卵寄生嗎？）

事實上，他並沒有那樣流暢地提出反駁，令人意外的，他其實是發著抖，好不容易才把話給說完的。

繪本對人識來說，就是這麼不容易對付——而這對他來說，也是生平第一次遇到這種對象，十分稀奇。

「不就是這樣嗎？在我看來，你在生活中總是感受到強烈地違和感對吧？無法理解任何人，也不被任何人理解，沒錯吧？」

（白痴，那有這種事啊！）

（還有啊，感受到違和感，違和「感」本來就已經是「感受」了啊！都是大人了，用字可以正確一點嗎？）

當場否定的態度，還有故意在雞蛋裡挑骨頭的反應，全都是為了掩飾自己內心的動搖。

「就算你有殺意，也沒有所謂的殺人衝動。既為零崎，又不是零崎，所以你才有辦法遵守哀川潤『不能殺人。』的約定。」

（呿——說得好像親眼看到了一樣。）

（我是個好孩子啊！當然會遵守約定。）

「是嗎？如果你是真的零崎——高海和深空應該早就死在你手上了。」

（………………）

（………………）

「你有雙重身分對吧？普通的中學生，汀目俊希——和殺人鬼，零崎人識。然而兩種身分，都存在很大的破綻。在與高海、深空對戰的時候，你不是有說嗎？『除了哥哥之外，我沒有其他家人。』——這，不就代表你自己在下意識也明白這個道理嗎？」

（……那又怎樣？）

（如果真如同妳所說的——那又怎樣？）

「不不——說實話，以闇醫師的身分，我其實一點都不在乎。狐狸先生或許不能理解，但闇醫師的目的，只是替人治療傷口而已。

（哈——一會兒說廢話，一會兒說實話的，這傢伙還真忙啊！）

（差不多該說些好聽的話了吧？）

「那我可做不到。因為——不會有任何幫助。你沒有受傷也不是後遺症，只是，時限快到了而已。」

「時限——快到了？」

「沒錯，就像是金屬疲勞一樣——肉體的極限即將到來，你的精神趕不上肉體的耗損，比普通的戰士還要來得早。當然，是人都不免一死——你在戰士之中，絕對是例外，不會死在他人手上，卻死於自然現象——不是被殺死的，只是陽壽用盡了而已。」

繪本悲傷地說。

好像都快哭了。

不——她似乎真的有掉下淚來。

繪本園樹。

就是這樣的一位醫生。

匂宮出夢因為治療不及而死的時候也是——繪本就是露出這樣的神情。

「身為闇醫師——不，身為一名醫生，我坦白跟你說吧！」

（……啊啊？）

（是廢話？還是實話？）

「都是。你最好不要再戰鬥了，零崎一賊也已經遭到全滅。這是對你最好的安寧治療——為了延長你的壽命。」

（…………）

（…………）

「別想尋求安樂死喔——雖然我不想否定你這個人——但一輩子殺了這麼多人，你不配擁有安樂死的資格！」

（…………）

（…………）

…………

…………

回想起來。

生命走到了盡頭，既是完成天命的意思——同樣也是命定的死亡。因此。

輸給死神。

以結果來說，只是被那個醫生說中了而已——

「頭巾內——沒有闇口眾的印記嘛！也就是說，你並不是隊長，算我白費力氣囉！」

看著從趴倒在地的人識褲子口袋中掉落的頭巾——砥石用死神鐮刀，將頭巾翻了過去。

相較於滿身泥濘的人識，砥石的衣服還算乾淨，鐮刀更是一塵不染——因為禁止殺人，所以砥石主要是用鐮刀的刀背攻擊。

都已經手下留情到這種程度，卻還是輸了。

砥石都還沒使出致命的攻擊，他就倒下了。

（不——）

（——根本沒辦法戰鬥啊！）

他並沒有聽從繪本的建議，事實上，在這個瞬間以前，人識壓根忘了這件事。

只不過。

自己的身體已到達極限——這不爭的事實，他是想忘也忘不掉的。

雖然不知道繪本所說的話，可信度到底有多少。

但很現實的——到目前為止的人識，活在『殺之名』或『咒之名』所支配的世界中，完全就是拿命拚來的，一點都不輕鬆，也沒有一點餘裕。

因此。

（到此為止了吧——）

如此的感受。

極為強烈。

失去了所有的刀器。

無關傷勢，就連曲弦線——也無法當做殺人的手法。
即使沒被禁止結果也是一樣的。
人識——可能已經沒有能力殺人了。
（本來還想等到伊織能夠靠自己的力量生活的時候——）
哥哥的託付。
（——算了。）
（一切都無所謂了。）
總之，都是運氣好——因為遊戲的規則，我不會死在這裡。先像這樣，一動也不動的，直到他離開吧！
繪本也說了。
這是安寧治療還是什麼的。
乖乖聽醫生的話吧！
要再活久一點。
「好了——先把這個頭巾給撿起來，接著……去找那個崩子吧！我樹丸和憑依肯定依舊無視她的存在——她若是隊長，狐組不就輸了嗎？」
才剛這麼說。
「不對！」
砥石突然搖了搖頭，推翻自己所說的話。

「晚一點再處理她也行——應該先對付無桐伊織。在死神的價值觀中，像她那樣的戰士身上，往往會出現意想不到的奇蹟啊！雖然不覺得憑依小姐會太過大意，但實力差距太大的時候，完全顛覆的可能性也是存在，最差的情況，憑依小姐若因此喪命，事態可就嚴重了——」

若真是如此，即使無視遊戲規則，也要阻止無桐伊織——說完，砥石一步步朝人識接近，對此——

無力的。

煩躁的。

藏不住心底的嫌惡。

又感到趕到十分厭倦。

人識他——不情不願的站了起來。

無力、煩躁、嫌惡、厭倦、不情不願——卻毫不猶豫。

「……………」

砥石停下腳步。

冷眼看著人識。

「安寧治療？為了延長壽命？囉唆！我才不管勒！什麼變態醫生嘛！誰要犧牲自己的生活品質啊！我——就是一個會為了無關緊要的小事拚命的人啊！」

無理一場吧！

大鬧一場吧！

「殺死、肢解、排列、對齊——然後示眾啊！」

「真是搞不懂啊，人識——我應該有說過，示威是沒有用的吧？你怎麼就是聽不懂呢？零崎一賊已經不足以畏懼了，無法構成一點威脅。你現在是為了無桐伊織才站出來的吧？不過，就憑你一個人？不是殺人鬼集團，而是孤獨的殺人鬼。這樣是不可能將我打敗的！」

「…………」

「零崎一賊在集團上的排名，確實是第三——但以個人排名來說，殺人鬼可是連『殺之名』甚至是分家都不如。一個孤獨的殺人鬼，只是個無力的殺人鬼好嗎？」

「……孤獨的殺人鬼，無力的殺人鬼……誰准準你一直重複這些話啊！」

說得沒錯啊！人識說。

僵起笑容——他說。

「雖然對我來說，只有哥哥是我的家人，雖然不止一次的想要丟下伊織，雖然被老大給討厭，雖然曲識哥總是莫名其妙，雖然其他的殺人鬼也都差不多，沒人理解我，我也無法理解任何人，一切都讓我厭煩至極，但是啊！」

人識他。

連路都走不好，腳陷進了泥土之中——人識仍朝著砥石跳了過去。

「但是啊！我從不覺得自己是孤單的！一次都沒有！」

不論是什麼時候。

那傢伙總是在我身邊。

就連現在也是！

「從哥哥身上繼承的家族情感！」

巧妙的閃過死神的鐮刀。

俐利落的動作。

人識的拳頭，第一次觸及到石凪砥石的臉部。

「啊——」

這一拳，所帶來的精神衝擊，大過肉體上的傷害。

從來沒有過。

死神。

在石凪調查室淵遠的歷史中，從沒有人能近身攻擊死神，一拳打在死神臉上的——

怎麼可能呢？。

那是物理性的不可能。

而那樣的不可能又是怎麼變成可能的呢？

砥石當然不會知道。

「老大教我的，永・不・妥・協啊！」

因此，接下來那像是要擊潰他的敵方制裁——和那如同狼牙棒揮來的重重一擊，砥石都沒能閃避。

雖然他有試圖用鐮刀防禦。

那把鐮刀。

卻像具有自我意識般，主動躲過了人識的攻擊——任憑他揮舞拳頭。

毫無技巧可言，完全就只是所謂的暴力。

家族情感。

永不妥協。

不過就是如此——不過就是這種程度。

砥石被擊倒了。

趴倒在地。

「嗚，啊——啊、啊、啊、啊！」

那近乎崩潰的哀號，像是壞掉的樂器般，從砥石的口中傳了出來。

壓倒性的局勢。

壓迫性的場面。

如此的情況，只因為那兩拳——完全逆轉。

難以置信的砥石，一臉茫然。當然，人識也是一樣——有誰想過像這樣的單純的直線攻擊，竟會有如此的功效。

不過。

人識也同樣接受。

這並不是奇蹟。

而是理所當然地結果——

「啊哈哈——原來如此。」

像這樣。

他終於明白零崎雙識和零崎曲識為什麼那麼強了！

「這就是大家的動機啊——所以才不會被打倒啊……話說，我總算能回答，澪標姊妹的那個可愛的問題了。」

雖然自己壽命又縮短了。

全身濕答答了嘛！人識一邊說——一邊撿起了砥石所放下的圓型花紋鐮刀，再把剛才戰鬥中掉落的頭巾給拿了回來，雖然頭巾內沒有印記。

「嗯？既然我已經拿回了死神鐮刀，大厄遊戲還需要繼續嗎？……管他的，先去幫忙伊織和崩子妹妹吧——本著曲識哥的，蘿莉控精神。」

說完，人識看著地圖。

沒多久又將它給收起。可能是看不懂吧？

「喂，砥石！你就這樣給我躺著，等到遊戲結束，我會來接你的！」

「等——等一下。」

沒有多做休息，揹起不相稱的鐮刀，人識又開始爬起山來。砥石從背後叫住了他。

嗯？人識回頭。

砥石用微弱的聲音——擠出了幾個字。

「你……不殺我嗎？」

「我才不要！那會違反規則欸！還有與哀川潤的約定。」

「……明明是個殺人鬼……為什麼？」

「你還不是一樣，一個死神，怎麼會散發出那麼強烈的殺意，真是莫名其妙……不，我好像知道為什麼了！我第一次見到你就一肚子火——肯定沒錯。你和以前的我根本一模一樣啊！跟那個戲言玩家的含義有些不同——一模一樣。那傢伙是鏡子——你就是照片！」

「…………」

「你用的形容詞，不久之前，都是我在用的啊！若是要追究我和你現在的差別是從何而來——我想，那都是伊織的功勞。」

真是的！

我反而什麼都沒有教到她嘛——人識笑了。

輕輕地揮個手，他就這樣從石凪砥石的視野中消失。

「…………」

砥石他。

死神，石凪砥石——即使已經看不到背影，他依舊茫然看著人識離去的方向。

「……以他那樣的方式，肯定活不了太久，不過，只要他還活著，零崎一賊便永遠不滅——」

◆　　◆

奇蹟並未發生。

大多時候，戰鬥照著該發生的流程進行。

無桐伊織和闇口憑依的情況就是如此。

……至少，在最初的一分鐘內。

「■■■■——■■■——！！！！！！！！」

「到底……是怎麼一回事啊？」

前所未見的混亂，伊織口中銜著『自殺志願』，憑依雖然躲過了攻擊，但刀尖與她的距離不到一毫米——以闇口眾的身分活到這個年紀，至少比崩子所說的『殺之名』平均壽命還要來得久，闇口憑依所累積的戰鬥經驗不在話下——不過，一切才正要開始。

『自殺志願』立即發動下一波攻擊。

憑依慣用的武器，那把鐵扇早在防禦的時候飛了出去。

「■■■■■——■■■——！！！！！！！！！！」

無桐伊織發出了非人類的咆哮聲，猛烈攻擊中。

無視於大厄遊戲的規則，本該是逃跑那一方的伊織，對憑依窮追不捨。

（嗚、嗚嗚嗚嗚——）

（哇——太年輕了。）

不對。

在這裡並不是年輕的意思。

「■■■——■■■■■■——■■■■■■■■■■■■■■■■■■■■■■■■■■■■■■■■■■——————！！！！！！！！！！！！！！！！！！！！！！！！！」

「欸、零崎——一賊——！」

憑依滿頭大汗——這才發覺。

那並不是因為身體勞動所流的汗。
而是因為害怕嚇出的冷汗。
「——無桐，伊織——」
剛開始的一分鐘。
至少在最初的一分鐘，戰鬥順利地進行。
伊織終究是個經驗不足的殺人鬼，根本不是憑依的對手。只要注意她叼著的那把大剪刀就行了。
如同憑依的預告，她先是切斷了伊織的雙手——很輕易就被折斷了，像是在摘樹上的水果般。不過，她的雙手本來就是義肢，幾乎沒有留下一滴血。
但是那樣的衝擊實在太大，伊織明顯的動搖了——而憑依的目的，本來就是要使她動搖，然後投降，因此，這也十分合理。
珍貴的身體。
對憑依的伴侶來說——是極為稀有的母體。
雖然容許她被切斷四肢，但出血過多仍有致命的危險，因此，儘量不能讓她受傷。
只不過，憑依的心思，卻被伊織看穿。
所以，伊織即使動搖仍不願投降——那麼也沒辦法了。
必須比需採取最低限度的暴力。
憑依用腳將伊織絆倒在地，壓住她的身體——接著開始搔她全身癢。

「啊、討厭！變態！妳的手勢也太色了吧！」

伊織奮力抵抗，卻還是一點用也沒有。拘束伊織，憑依根本不需要繩子或是手銬——只要用力制壓她就行了，更何況她現在失去了雙手。

「蘆薈！（註2）」

這句話是什麼意思？

當然，憑依摸遍她全身的原因，並不是伊織所說的是好色還是蘆薈，她是為了找尋兔組（鬼組）成員身上的頭巾——應該是藏在身上啊！

不一會兒功夫，頭巾就被找到了。

是說，身上也沒幾個地方藏得了東西。憑依先是脫下伊織的褲子，檢查『自殺志願』的刀鞘，是空的。接著，她注意到伊織頭上的針織帽，覺得可疑，拿下來一看，頭巾果然就在裡面。

真是太天真了。

「嗯，沒有印記，妳果然不是隊長。好的，妳已經是個被淘汰的人了——死色真紅就交給我樹丸先生，我去找零崎人識好——」

她只說到了這裡。

事實上——她只能說到這裡。

「■■■■■■■■■■■■■■■■■■■■■■■■■■■■■■■■■■■

2　蘆薈，原文為「アロエ」與色情「えろい」相似，取其諧音。

「■■■■■■■■■——！！！！！！！！！」
她，咆哮著。
無桐伊織——她將坐在自己背上的憑依，用背肌力給彈開，就這樣撞上了一旁的杉樹，憑依遲疑了一會兒，但馬上又將視線投向伊織——很快地，她後悔了。
不寒而慄。
那過於具體的殺意，令她不寒而慄。
左右的義肢都被拔掉，褲子被脫下，針織帽也是，滿身汙泥的無桐伊織——口中還是緊緊叼著『自殺志願』不放。
那表情——就像是厲鬼。
殺人鬼。
零崎一賊中倖存的一人。
自殺志願的——繼承者。
「■■■■■■■——■■——■■■■■■■■■■■■■■■■■——
■■■■■■■■——！！！！！！！！！」
伊織起身後的停頓時間不到一秒——不過，完全足以讓憑依從錯愕中，重整自己被殺意壓迫的精神狀態。

若不是如此。

她肯定會死在伊織手上。

「■■■■■■——！！！！！」

不過，她只是不停地在原地轉來轉去。

無桐伊織。

跟普通人沒兩樣，低於普通人，甚至是普通人之以下。

根本連普通人都不如。

甚至不能用戰士的標準來評論的她，如今卻向憑依撲了過來。

（針——織帽。）

（不過是脫下了她的針織帽，沒想到會這麼失控——）

不。

是為了其他原因嗎？

其實不能怪憑依會有這樣的誤解——若不這麼想，伊織的失控暴走，根本是毫無理由的。

對一無所知的憑依來說。

與人識不同，她既然身為正統的零崎，也就代表她的殺意——以及殺人衝動都是殺人鬼的等級，又加上她已經半年沒有殺人了——憑依根本不知道這些——當然沒辦法說明。

是謊言。

那都是謊言沒錯。

伊織對人識說，她沒有關係，殺人衝動並沒有累積——她完全就是在說謊。

為了不讓人識擔心。

說得直接一點，她是為了自己的面子——不甘示弱罷了。

她不願意被人識用異樣的眼光看待。

也不想對他撒嬌。

雖然知道他是出自好意——但即使如此，也不可以任意的撒嬌和依賴人識。

伊織身為自殺志願的妹妹，與自殺志願的弟弟零崎人識，基本上是對等的關係。

這就是。

零崎人識與無桐伊織的——人際關係。

「■■■■■■■■■■■■■■■■■■■■■■■■■■■■■■■■■■■
■■■■■■■■——！！」

而現在。

累積半年的殺人衝動一口氣傾泄而出——完全不是零崎人識和石凪砥石能比擬的程度。

失控、暴走。

與針織帽無關。

她只是——被逼得走投無路，無處宣洩。

超過臨界點。

理智線斷了。

在聽到憑依說要去找人識的瞬間——就如同人識聽到砥石要去找伊織的時候一樣——發了狂。

「■■■■■■■■■■■■！！！！！！！！」

零崎雙識的繼承者。

第二十人地獄最後發掘到的才能。

被殺人鬼所愛的殺人鬼。

「■■■■■■■■■■■■■！！！！！！！！」

她——

無視闇口憑依的豐功偉業，戰鬥經驗，無視歲月的累積，大厄島首領代行的身分，將她逼入絕境。

這與技術無關，完全是氣勢的問題。

實際上，即使是闇口眾也從沒遇過這樣的情形——一位只穿內褲，口中銜著大剪刀的少女，眼底閃著黑暗的光輝迎面襲來。

問題不在她的技術，而是她這個人。

闇口憑依全身發抖。

「這、這就是所謂的——病嬌嗎？」

不對。

很遺憾的，因為年齡和居住環境的關係，憑依對流行一點也不熟悉。

但是就算情況完全相反，也沒有任何幫助。

行動僵直怪異，只想要殺人的怪物——無論如何都超越了闇口憑依的想像。

「嗚、哇——」

伊織每走一步，地面就缺一塊。

折斷樹枝，撞裂岩石。

這裡雖然是闇口眾的據點，但同樣是足以被列進世界遺產的自然環境，如今竟然被一位高中女生蹂躪。

處於失控狀態的她，所有的攻擊都是直線性的，因此，憑依才能持續躲避到現在——使用固有的手法『空蟬』才能持續躲避到現在——不過，對她來說，這絕不是什麼好現象。

『空蟬』基本上不算戰鬥技術。

嚴格來說，那比較接近『十三階梯』中的一里塚木所使用的空間製作法，一種精妙的技巧。

所以。

「太年輕了——」

相較於在『殺之名』中已過了全盛期的憑依，伊織雖還是個菜鳥，但卻處於活力旺盛的十七歲，目前又呈現不顧一切的暴走狀態，單純在體力上，伊織占了優勢。

這真的就是因為——她的年輕經。

「……妳讓我想起了五年前的……哀川潤……」

那時候的她——也才十幾歲。

不過，這一點都不重要。

「■■■■■■■■■——■■■■■■■■■■■■■■■■■■■■——■■

■■■■■■■■——■■■■■■■■■■■■■■■——!!!!!!!!!!」

防禦，也到了極限。

如果以大厄遊戲的觀點來看，被奪去頭巾的伊織，即使沒有印記，就已經被淘汰了，像這樣攻擊憑依，其實是違反規定的。

不過現在的她，什麼都聽不進去，即使違反遊戲規則。

遊戲、規則之類的，對目前的伊織來說，都不重要——她最在乎的，是想要殺人的，殺掉眼前那個人的，衝動。

「■■■■■■■■——■■■■■■■■■■■■■——■■■■■■——

——■■■■■■■■■■■■■■■■■■■■■■■■■■■■——

——□□□□□□□——!!!!!!!!!!!!!!」

啊，看樣子沒救了。

難逃一死。

憑依無力的放棄。

對她來說，只是無謂的抵抗只是白費力氣罷了。

這孩子雖然失控了但還是不足以造成我樹丸先生的威脅，接下來的事，也沒什麼好擔心的——而我的那個主人，也不會對我的死有任何感覺——看來，我可以了無牽掛的放棄一切。

（唉——這也是沒辦法的事。）

（這就是報應吧？）

（**雖然是弟弟造成的**——但萌太就像是被我親手殺死的一樣——）

（對崩子……）

（也是一樣——）

「對不起，我對不起你們。」

一時的情緒使然也不具多大誠意，憑依像這樣碎念著。

無桐伊織——卻因此停下動作。

『自殺志願』的刀尖，就要刺進憑依的喉嚨——突然，停住了。

「……不行、不行！」

就這樣一動也不動的維持同樣的姿勢——被大剪刀抵住要害的憑依更是不得動彈——終於，伊織開口說道。

「差點就要殺錯人了！」

她——從憑依身旁離開。

口中依然叼著『自殺志願』，轉過身，突然畏畏縮縮了起來。

「真是非常抱歉，憑依小姐。我玩遊戲的時候，通常比較投入——嘿嘿嘿！」

「…………」

不久前那些脫序的行為彷彿從未發生過似的，伊織看起來十分靦腆。但如此的轉變卻讓憑依更害怕了。

「好險！差點就要從忍耐中逃避了——不行不行，輸了無所謂，但絕不能逃避。」

「妳……不殺我嗎？」

就和砥石問人識的時候一樣。

憑依也問了同樣的問題。

對此，總是沒個正經的伊織，她的回答，當然比人識還要誇張一些。

「我和人識正在進行膽小鬼不殺人的比賽，先殺人的那一方，可是要請對方喝飲料呢！」

「……啊、啊？」

「搖搖汽水！」

「…………………」

憑依無言以對，卻還是忍不住開了口。

「你、你們——到底是什麼關係呢？」

一個簡單扼要的問題。

伊織則是一臉得意地。

「是家人，我們是兄妹。」

像這樣回答。

（家人——）

（兄妹啊！）

原來如此。

零崎一賊——**就是這樣**。

憑依感覺到自己全身的力氣都快要抽乾了——事實上，即使自己撿回了一命，仍然相當無力。

看樣子，並不是能夠繼續大厄遊戲的狀態。

疲憊不堪。

而憑依和伊織的戰鬥算是以平手收場——也就是說，兩個人都遭到淘汰了。

「真是年輕啊——」

即使如此，憑依還是有自尊心的。

她故做鎮定，感慨萬千的說出這句話——沒想到不解風情的伊織她……

「對了，妳剛剛是不是跟誰道歉啊？」

若無其事地問道。

對此，憑依冷冷回答。

「沒有。」

◆　◆

奇蹟並未發生。

大多時候，戰鬥按照發生比進行。

闇口崩子和六何我樹丸的情況也是如此。

至少這天，在地球上所進行的個人對戰中，最為殘酷且最為慘烈的差距，那不容忽視的鴻溝，確實存在於崩子與我樹丸之間。

我樹丸一把抓住崩子的脖子，將她架在樹幹上——腳尖只能稍微觸碰到地面的程度。

涼鞋掉了一只，快被脫下的白色洋裝，全染上了泥巴。

試圖想要掙脫我樹丸的束縛，十指緊緊掐住了他的手，卻一點用也沒有——崩子的指甲反而都快剝落了。

（不甘心——）

（我不甘心、不甘心、不甘心——）

對於自己的無力，使得悔恨的眼淚不停落下。她雖然知道，自己身處於哭也沒用的慘烈情況，但就是無法停止哭泣。

「哼，沒想到，不殺生也這麼困難——」

我樹丸笑了——這並不是在戰鬥中會浮現的笑容，也就是說，他根本不把這當作戰鬥。

沒有人會把捏死一隻螞蟻當做戰鬥。

沒有人會把打死一隻蚊子當做戰鬥。

像這樣蹂躪崩子——

對他來說也是一樣的。

「——不過，余竟然想這樣受妳挑釁，實在需要反省——套一句憑依的口頭禪，余還太年輕了。」

「唔……」

我樹丸使勁的掐著她的脖子。

就快被折斷了。

脆弱——不堪一擊。

那就是我自己。
脖子好痛，壓在樹幹上的背也好痛，全身像是被撕裂般的痛楚襲來。
比起這些。
自己的軟弱，才是最讓她痛心的。
「嗚……嗚、嗚、嗚嗚嗚嗚嗚！」
崩子——痛苦的呻吟著。
不過，六何我樹丸甚至不允許這種程度的抵抗，他將崩子舉得更高了，讓她連聲音都發不出來。
「唉——遊戲還是遊戲，余必需趕緊追上哀川潤才行，怎麼能為了妳，吞下敗仗呢？快交出頭巾吧！」
「…………」
用盡全力。
用力、用力、再用力。
崩子狠瞪著我樹丸——但因為眼淚的阻擾，看不清楚他的臉。
（就算看不見——也能感覺。）
（這個男人的視線。）
（充滿了輕蔑——鄙視。）
敵視依舊輸給了鄙視。

接著又回到了無視。

（不過——）

（至少——我還活著。）

（這樣——真的就能安心了嗎？）

「再怎樣愚蠢的人都不可能選妳做隊長的，死色真紅當然也不會——看妳晃來晃去的也覺得心煩，就讓妳在這裡被淘汰吧！」

「…………」

這只是無謂的抵抗嗎？

如果是闇口憑依——她一定會覺得無謂的抵抗只是白費力氣，然後輕易地放棄。頭巾也就算了，就連自己的性命她都不在乎。

雖然如此。

我可是——妹妹啊！

「——嗚哇啊啊啊啊！」

崩子鬆開抓住我樹丸的手，然後迅速地伸進洋裝內，拿出頭巾——試圖將它撕碎。

這麼一來應該能保住它。

不過——還是沒用。

抓著兩端，用力地扯——布料鬆弛了，卻連一點裂痕都沒有。

失去戰鬥技能的崩子。

就連一塊布都撕不破。
就連一塊布都守護不了。
無能為力。
「……喔，還敢做這麼無聊的舉動啊！」
我樹丸用掐住崩子脖子的另一隻手，毆打她的腹部——不對，如果以實力差來說，他只是在輕柔地撫摸她的肚子也說不定。
不過，那卻貫穿了崩子的身體。
強烈的衝擊，迫使崩子鬆開了頭巾。
飄啊飄的，頭巾掉到了地上。
既然崩子已經失去利用價值了，我樹丸毫不顧慮的——一把將她放下。失去支撐的崩子，隨著重力，身體沿著樹幹滑下，碰的一聲，癱倒在地上。
多麼悲慘。
多麼無力。
傷心的她——還是覺得很不服氣。
「喔喔，果然如同意料之中，只是一般的頭巾——沒有印記，所以隊長是哀川潤沒錯吧？這樣才有趣嘛——」
像是摸到什麼髒東西似的，我樹丸撿起頭巾，仔細檢查。
（我不覺得你有資格這麼對我——）

崩子咬緊了牙。

髒的——是誰？

到底是誰比較髒啊？

「不過啊，小女孩。」

我樹丸呼喚了崩子。

（…………）

（……小女孩？）

話說回來，我樹丸好像從來沒有——叫過崩子的名字。

反正。

他根本不記得吧？

萌太的名字，他一定也叫不出來。

我樹丸就是這種男人。

「這也很像是妳會做出來的事，明明是假的頭巾，還那麼拚命的保暴護它——或許妳就適合這麼做吧……呵呵呵喝喝喝！算了，既然奇蹟似的從濡衣手上撿回這條命，就應該要珍惜，好好過日子吧！」

說完，我樹丸又突然搖了搖頭。

「過什麼日子——妳早就跟死了沒什麼兩樣。唉，活死人，這也算是奇蹟的一種啊！」

「…………」

（奇蹟。）

（奇蹟——並未發生。）

我是贏不了六何我樹丸的。

石瓜萌太。

也不會死而復生。

更沒有人能取代他。

（我能躲過闇口濡衣……闇口眾大厄島首領、『隱身濡衣』的追殺，像這樣活著——並不是什麼奇蹟好嗎？）

這都是因為萌太。

一如往常的——是因為萌太的過度保護。

（你——）

（連這些都不知道嗎——）

「你……」

崩子說。

就連站起身的力氣也沒有。

身體沉甸甸的，就連現在，都覺得自己的意識逐漸薄弱——

「……你為什麼。」

至少要爭取一點時間。
她已經沒有心力去在乎了。
只是不停地——把想到的問題給丟出去。
「那時候……三年前，你為什麼會回到島上？」
「…………」
完全沒有期待任何回答，當然，也不覺得他會聽進去——我樹丸用沉默代替回答。
看樣子，他沒有阻止我繼續說話。
這算是大放送吧？
真是難能可貴。
「如果你沒回來——我們也不需要離家出走。」
那麼。
萌太和我。
就不用「死」了。
「很正常啊。聽到余的**作品**——竟成了憑依的**助手**且相當活躍，當然要親眼確認，這到底是不是真的啊——與死神生出的孩子，職業卻是暗殺者，這也令余十分感興趣。」
「……是這樣嗎？」
只是感興趣啊！

因為自己的興趣所生出的孩子，又因為感興趣所以特地來確認。

一切全憑你自己的喜好嘛——

毀了我和萌太的人生。

擅自創造我們，又擅自殺了我們。

真是羨慕妳啊！

這樣——很有趣吧？

你若不是這樣的人，也不可能維持生涯不敗的記錄——可恨至極。

闇口崩子這般存在。

石凪萌太這般存在。

不過只是六何我樹丸的素材——

實在太不甘心了。

如果沒有六何我樹丸，我們就不會存在於這個世界上——這點更令人感到懊惱。

「妳好像很不滿意。」

六何我樹丸笑著說，然後背對著崩子。

大放送似乎結束了。

「感到不滿的人，應該是余才對吧？你們兩個竟敢無視余的威嚴，擅自逃跑——懦弱也應該要有個分寸。真是的，這樣也算是結晶皇帝的孩子嗎？太丟人了！雖然余本來打算放棄你們，但如今看來濡衣的判斷才是正確的。先不論那個死神，像妳這樣毫無能力的失敗作品，如果逃出去讓世間知道了，余這個父親的臉要往哪裡擺啊？」

看樣子是喜歡島上的生活，才住了下來，不過，如果只是因為這個理由，恐怕也待不久了——

說完。

像是訣別一般——我樹丸憤然離去。

不可能再回頭了。

他的意識從崩子身上離開。

輕視消失，她變回了無視的對象。

因此。

「……哈、哈哈哈哈！」

因此——冷笑聲不斷從崩子口中迸出，她其實也沒有要讓我樹丸聽到的意思。

「哈、哈、哈！」

崩子在朦朧的意識下——笑著。

「哈哈哈哈哈哈哈哈哈哈哈哈哈哈哈哈哈哈哈哈哈哈哈哈哈哈哈哈哈哈哈哈哈哈
哈哈哈哈哈哈哈哈哈哈哈哈哈哈哈哈哈哈哈哈哈哈哈哈哈哈哈哈哈哈哈哈哈！」

哈哈哈哈哈哈哈哈哈哈哈哈哈哈哈哈哈哈哈哈哈哈哈哈哈哈哈哈哈哈哈哈哈哈
哈哈哈哈哈哈哈哈哈哈哈哈哈哈哈哈哈哈哈哈哈哈哈哈哈哈哈哈哈哈哈哈哈。

整個人徹底崩壞。

發狂地笑著。

面對那他不應該聽到的笑聲，不應該回頭的他——卻還是回頭了。

我樹丸再度被崩子絆住腳步。

不過這次，我樹丸的身影卻沒有進入她的意識之中。

現在，已經不會覺得懊惱了。

只覺得好奇怪。

好有趣、好開心、好愉快。

「父親？」

真是——滑稽。

「你——六何我樹丸先生，你該不會覺得，你，是我的父親吧？」

哈哈哈哈哈！

崩子笑個不停。

然後，她明白了。

現在終於瞭解了。

哀川潤問她的那個問題。

為什麼——我從來沒有叫過石凪萌太一聲哥哥呢？

「我的父親，是萌太！」

闇口崩子說。

笑聲停止了。

「母親也是萌太——哥哥姊姊、弟弟妹妹、祖父祖母——叔叔舅舅、姑姑阿姨、表兄弟表表兄弟、外甥、姪子，全都是萌太啊！」

並不是因為後悔也不是因為悲傷——她只是不停地哭喊著。

「這個島上！只這有萌太是我的家人！」

崩子，我們必須要逃。

離開這個島。

只要那個男人回來了，我就沒有辦法保護妳。

沒辦法再替妳承受一切。

所以，讓我們離開這裡吧！

時機剛剛好。

逃，不停地逃，逃離這一切，然後——找尋真正的家人。

他們一定就在某個地方。

即使沒有血緣關係，只要心是在一起的，我們——就可以和那些人住在一個屋簷下，直到永久。

幸福地過日子。

「沒錯——我們的人生並沒有被你給搞砸。」

如果萌太沒有帶我走。

我就沒有辦法遇見——美衣姊、浮雲先生、伴天連爺爺、戲言玩家哥哥、還有魔女姊姊和姬姊。

就不能和那些家人。

和家人一樣——生活在一起。

「我們兄妹，真的很幸福！」

才不是什麼失敗作品！

我們——完全沒有失敗！

「因為有萌太，所以很幸福！」

沒有辦法。

再用言語表達了。

根本不需要言語。

石凪萌太與闇口崩子。

他們兩人的關係——是不需言喻的。

「……哼，濡衣這無能的傢伙。」

六何我樹丸——一臉不悅的像是將嘴裡嚼的東西給吐出來似的說。

慢慢的走向崩子。

「失敗了啊！為什麼要『停止』呢——別笑死人了，首領的頭銜都要哭囉！」

絲毫不掩飾內心的不快感。

我樹丸——笑了。

「崩子都長這麼大了。」

然後，他說了。

叫了崩子的名字。

「萌太——也在崩子心中長這麼大了啊！」

他也說出了——萌太的名字。

或許是因為崩子臉上意外的表情，六何我樹丸不愉快地揚起嘴角。

「誰會忘記自己取的名字啊！」

「…………」

啊啊，本來打算開口。

卻又打消了念頭。

就當崩子欲言又止的時候。

「那麼——」

像這樣。

「——差不多該結束了吧！」

有個聲音——從一旁傳了出來。

崩子與我樹丸同時，朝著那個方向看去——當然，在聽到聲音的時候，就已經知道那個人是誰了。

先不論他是什麼時候出現的，死色真紅——人類最強承包人就站在那裡。

但還是嚇了一跳

難掩心底的震驚。

「……我已經……變成這樣了。」

好不容易才擠出了無奈的笑容。

哀川潤——全身破破爛爛，泥濘不堪，衣不附體，頭髮更是亂得不像話。

到處都有擦傷，還流著血。

一隻手一隻腳，很明顯的斷了。

已經不是只有骨折的程度，完完全全的斷裂。

臉也腫了，一隻眼睛都快看不到了——整排牙齒，幾乎少了一大半。

「發生什麼事了？」

崩子直接地問。

還以為哀川潤會十分帥氣的（如同『主人』跟她說得一樣。）登場，瀟灑地拯救崩子，既然是人類最強承包人，出場方式應該不同反響，沒想到卻如此滿身瘡痍的狀態。

別提一成了，她根本連一點力氣都沒有。

會是誰造成的呢？

先不管是『誰』，這身姿態完全不像是個人對戰會有的結果——根本是剛從第三次世界大戰的戰場上回來的樣子。

不，對手是憑依或是砥石，都不至於讓哀川潤變成這樣——

「啊，我只是帶了一下孩子，哄她睡覺而已。」

她好像也沒有心思多做說明，毫不在意地說道，接著一跛一跛地，拖著她的腳。

就這樣塞進崩子與我樹丸之間。

如同昨天人識所做的。

一直以來萌太所做的。

像是一道牆般，擋在崩子的面前。

「……哈、啊！」

事實上，這道牆很快地就坐倒在地。

看樣子連站都站不起來了。

「我樹丸，我投降。」

哀川潤繼續說。

單手舉在眼前。

「我沒力了。現在的我比消費稅還便宜。」

說完，她將綁在馬尾上的頭巾解下，扔向我樹丸。

這讓她的髮型變得更亂了。
「我們之間的決鬥，就算你贏好了。」
「話說——」
我樹丸難得露出了困惑的神情，不予理會的哀川潤，反而露出了爽朗的笑容。
「好厲害喔！你的生涯無敗說不是假的耶！」
她說。
「……妳——」
他不知道是否應該繼續說下去——我樹丸也忘了撿起地上的頭巾，只是呆呆看著哀川潤。
「妳、妳還好嗎？哀川小姐——」
崩子表示關心。
「啊？」
她轉過頭來，一副很不情願的樣子。
「什麼事啦！崩子妹妹。我現在不是很想講話。如果再來任何一項活動，我肯定會少掉一臺的！」
「電、電玩腦！」
口氣雖然像是在開玩笑，但光轉頭這個動作，對她來說都是一種負擔。
事實上，現在的哀川潤只要走不穩摔倒，可能都有致命的危險。

到底發生了什麼事？

做夢也沒想到竟然是自己『後援會』的成員策動的好事，崩子她說。

「──那個、唔……」

現在提生孩子的事，好像太殘忍了。

所以。

「……那個，萌太的死神鐮刀要怎麼辦──」

像這樣比較迂迴的表達。

「──妳不是為了拿回那把鐮刀所以才來到島上的嗎？」

「欸？啊啊，我騙妳的，妳真的相信啦？」

哀川潤毫無罪惡感的搖了搖頭。

還直對著崩子笑。

牙果然掉了不少顆。

不過，那確實是一張──天真無邪的笑臉。

「騙──我的？」

不是說──幾乎不會說謊的嗎？

「死神鐮刀根本不重要。萌太的委託內容，是要我帶著崩子妹妹回老家，與家裡的人正面起衝突，好好面對過去。即使他不在身邊，也能靠自己的力量活下去。」

「欸……」

「他很在意，三年前沒能好好面對就直接把妳帶走這件事。」

「……把我帶走。」

崩子，我們必須要逃。

說完——萌太就帶著崩子。

逃離了這個島。

「他很在意嗎……這種事，這麼微不足道的小事——」

明明是為了我——才這麼做的啊！

真的。

那個哥哥——到底有多擔心我受傷害啊？

即使在死後，仍牽掛著我。

不論什麼時候——不論在哪裡。

無時無刻，隨時隨地。

原來如此，我樹丸說得沒錯。

石凪萌太——

現在也活在崩子的心裡。

「事實上，只要崩子帶到這個島上的，我的工作就完成了一半。大厄遊戲只是附送的。呵呵呵！不過說到逃這件事，伊織可是妳的前輩，等一下可以跟她聊聊！」

哀川潤說。

「敢對生涯無敗爸爸那樣大吼大叫不是很棒嗎？在那個當下，任務便宣告結束。呵呵呵！崩子妹妹，讓妳受苦了。對不起對不起啦！為了表示我的歉意，排除零崎人識，下次我們和伊織，三個女生一起去看網球王子的音樂劇吧！我請客喔！」

「…………」

她的邀約實在非常隨興。

崩子卻笑了。

雖然她不久前才瘋狂大笑——但自從萌太死後。

這還是她第一次真心的笑了。

「崩子。」

我樹丸終於撿起了哀川潤丟在地上的頭巾，再確認了內裡的印記後——他看著崩子，靜靜地說。

「從昨天開始，就沒吃什麼吧？好不容易回來了，叫憑依做點東西給妳吃吧——回去前至少一起吃頓飯。」

「……好。只要不是肉都好。」

沒錯。

對崩子而言，大厄島是她的家，但不是她的容身之處。

闇口崩子真正的歸屬，是京都那棟正在改建的——曾經和石凪萌太一起居住的古董公寓。

◆　◆

「啊，對喔！大厄遊戲的大厄不只是島的名字，說不定還包含了隊長『大役』的意思欸！」（註3）

零崎人識自己也不知道這個說法正不正確，不過，他也不在乎如此的推理到底有沒有所謂的答案，只是一個人碎念著——翻開內裡繡有印記的頭巾，在遊戲開始兩個半小時後，抵達六十世紀杉。

六十世紀杉。

樹高約二十五公尺，樹圍也有十七公尺長。

巨大的程度，完全不像自然界的產物，缺乏真實感。不過，人識心想，人類就算花上幾千年的時間都不一定做得出這樣的東西吧！

來到海拔兩千公尺處。

即使是處於亞熱帶氣候的大厄島，到了這種高度，氣溫也會變得跟北國一樣寒冷。

「啊啊，本來是想找伊織的，走著走著竟然給我走到了終點，看來我的方向感還不錯嘛！」

人識一邊說，身體不由自主的微微顫抖。

3　大役音同大厄，有責任重大的意思。

「不過——怎麼想，都覺得自己不是當隊長的料欸！」

接著，將攤開的頭巾用單手折好，放回口袋裡。

「怎麼會把這麼重要的任務，交給我這種傢伙呢？」

提案者是哀川潤。

而她的理由如下。

「誰當隊長都是一樣的啦！人識，不然就由你擔任吧！聽遊馬說，你在竹取山也順利到達終點還得了第一名對吧？」

…………

那根本不能算是理由，現在想想，她一定是覺得太麻煩了，所以直接推給我。

「要是我做了隊長，人類最強也能毫無後顧之憂的對付生涯無敗……但如果我不是隊長，就不用跟那個死神苦戰了！」

保衛戰實在太不適合我了——他說的一副毫不在乎輸贏似的，剛才用來當作拐杖的圓點狀死神鐮刀，現在則是代替雨傘將它頂在頭上（當然，死神鐮刀並不能當做雨傘使用），人識從另一個口袋拿出了絲巾。

那是他平常綁在手腕上的。

「……顏色其實只是有點接近而已，那傢伙竟然完全沒發現。」

眼力還真差啊！人識心想。

那是一個瞬間的反應。人識在被砥石逼得走投無路的時候，將規定的（繡有印記的頭巾），偷偷換成這條絲巾，裝做是不小心掉落的樣子，吸引他的注意。

說實話，沒想過真的能蒙騙過去——只想要讓他分心而已。

遊戲規則上，狐組的人應該要根據對手的不同，是隊長還是誘餌，來變換他們的動機。

因此，最低限度，只要他做出『人識不是隊長。』的判斷，就算是相當成功的——實際上也是如此。

「不過，在他用手撿起來的時候，其實就算出局了——這個時候，就算是爭取時間的手段囉！啊哈哈。不是我在說啊，伊織，我這個時尚努力者也不是白當的喔！」

話才剛說完。

「唉唉！」人識地朝著天空看去。

「……費了這麼一番苦心，不應該換來這種下場吧？」

無奈的望著天。

再把視線投向六十世紀杉。

那棵巨樹的樹根下，有個孩子在睡覺。

他就睡在印有闇口眾的旗幟一旁。

身體倚靠著六十世紀杉——頂著及肩橙色短髮的孩子，像是剛聽完搖籃曲的樣子，睡得很沉。

就枕著這棵偉大的自然產物。

六千年的歷史。

彷彿就是他的睡床一般。

「…………」

這還是第一次近距離地觀察他，相關特徵倒是有聽戲言玩家說過。

橙色種子。

想影真心。

使得零崎一賊全滅的——罪魁禍首。

「搞什麼啊……那傢伙睡在那裡，誰敢接近啊？」

即使哀川潤輸給了我樹丸，無桐伊織敗給了闇口崩子，這個遊戲應該還是兔組——兔組獲勝。

「大厄遊戲，有一個嚴重的漏洞，現在是在強調這件事的意思嗎？」

咻咻——像是在示威似的，人識揮舞著死神鐮刀，不過，真心卻依舊睡得香甜。

「啊哈哈，真不愧是人類最終——才剛登場，就結束了。」

真是傑作啊！

零崎人識感慨萬千地聳了聳肩。

就這樣。

人類最強與生涯無敗的決戰舞臺，大厄遊戲。目前還不到時間限制的一半，卻——

無關強弱和勝負的被迫終止。

最終章

「結局」

◆　◆

在大厄遊戲無實質勝負，以平手收場的那天夜晚——零崎人識造訪了六何我樹丸。

「不好意思喔，我樹丸先生。即使沒有直升機或是飛機也無妨，這個島有沒有外出用的船隻呢？有沒有可能在明天以前送我離開呢？」

「……這是怎麼一回事？」

我樹丸歪頭不解。對於只把注意力放在哀川潤和無桐伊織身上的他，人識和崩子根本就是意識外的存在，因此這突如其來的請求，令他有些驚訝。

「不急著今晚開船，明天也會有夥伴來接你們不是嗎？」

「所以我才想先走啊！一個人。」

人識說。

「這也是離開伊織的好機會。」

「…………？」

這令我樹丸更困惑了，對此，人識尷尬地笑著說。

「我最怕這種事了——大家感情很好，一團和氣的景象。既然崩子的事也告一段落，差不多可以回歸一個人的生活。」

可以幫幫我嗎？人識說。

我樹丸則是面有難色的樣子。

「船，要多少我都可以借你，但……根本是大象的墓場啊，零崎人識。」

「啊？什麼墓場？」

「大象的墓場。你不知道嗎？你應該是不想讓別人看到自己的屍體吧？尤其是與自己親近的人——余能理解啊，畢竟，余也有經過像你這樣的時期。」

「……我才不想變成像你這樣沒節操的人呢！」

「哼，那麼，就隨便你吧——我會請砥石掌舵，你們好像也有很多話想說。」

「沒有好嗎？」

「砥石——雖屬石凪同時也是死吹。」

「啊？死吹？『咒之名』排行第六的？」

「是啊。他是石凪與死吹的混血，又在闇口眾工作，看不出來也是理所當然的——」

「……只要是死神，做什麼工作都很病態啊！原來如此，他說話的方式，確實帶有死吹製作所的口音。如果是純粹的石凪，我應該也贏不了。」

「砥石更不覺得自己會輸。因此，余想了想。他既為石凪，也是死吹——說不定，他還是個零崎。」

「啊啊？」

「這不是不可能吧？零崎一賊雖不是靠血緣，但是以繼承的方式定義的——即使誕生於非一般人的『殺之名』中也不是什麼稀奇事。」

「啊哈哈！所以不是石凪砥石，而是零崎問識嗎？原來如此，這麼一來就能解釋他跟個笨蛋一樣的瘋狂殺意——啊哈哈，真是有趣！遭到全滅的零崎一賊說不定有復興的可能喔！」

若真是如此，像我這樣由零崎之間生下的混血，也可能是真正的零崎——人識說。

我樹丸並不瞭解這句話的意思，只回應了前半部分。

「余不是為了復興零崎而在這麼說的。」

他說。

「喔，總之，你也是個怪人啊！有趣極了，只可惜你沒有女兒，不然余一定要她生下余的孩子。」

「別開玩笑了！話說，可以請別人開船嗎？那傢伙如果真的是零崎，一想到以後的發展我就覺得頭痛。」

「沒辦法。再說，正規的闇口眾，早就想把你們通通殺光，一個一個都在摩拳擦掌呢！」

「這樣啊，哈——真是傑作！」

似乎是對人識感到厭煩，因此故意說了這樣的話。不過，既然沒有付錢借船，自己也沒有立場挑選駕駛吧？他便接受了。

然後，那天深夜，一片漆黑之中——零崎人識和石凪砥石，沒有告別，也沒有留下一句話，就這樣悄悄離開大厄島。

◆　◆

隔天，石丸小唄駕駛中型運輸直升機來到大厄島——與前天不同，經由島上的上級許可，這次直升機可以直接著陸（但因為沒有停機坪，只能在原野降落）。接著，石丸小唄與哀川潤便開始鬥嘴，如果想要詳細她們爭吵的內容並寫成小說，可能需要分成五冊，在這裡也只好忍痛省略。

「哀川潤，先聲明，余其實不能接受。」

事實上，我樹丸之所以會說出闇口眾都想要殺了入侵者而蠢蠢欲動的這個理由，是為了讓砥石和人識同行。然而，那也不是完全的捏造事實，出來送哀川潤她們的只有六何我樹丸一個人。

趁著這個機會，我樹丸對哀川潤說道。

「等到妳調整到最佳狀態的時候，再戰一場吧！這此下次可不會當成玩遊戲在玩——而是真正的戰鬥。」

「嗯？好啊！」

結束與想影真心的大戰，又加上與石丸小唄亂鬥，哀川潤應該已經接近瀕死狀態（全身都纏上了繃帶），不過，她卻將手插進口袋裡，一派輕鬆地答應了。

順帶一提，在這個島上，她之所以都插著口袋應戰，其實是因為握力還沒回復——

若非如此，哀川潤也不會將隊長之位交給那個愛出風頭的零崎人識啊。

「反正，一定是你會贏。」

「…………」

「就如同你所說的，六何我樹丸。我，輸了也沒關係。雖然好勝，但我更熱愛戰鬥，況且，輸了也不代表我就是弱者。」

不過，必需做一點修正，哀川潤又說。

「何必那麼認真呢？開心就好！」

輸了也沒關係。

只要——開心就好。

哀川潤做出結論。

「……人類最強，妳有想過，輸，代表什麼意義嗎？」

對此——我樹丸回應。

口氣有些沉重。

「余這七十八年一直在思考這個問題。所謂的輸——不單純只是沒有獲勝的意思，而是靈魂上的消磨，精神上的扼殺。因此，不論是多麼微不足道的失敗，都足以致命，構成身體的細胞，也會一個一個死去——若總抱著無所謂的心情，回過神才會發現，其實早已迷失自己。至少——余是這麼想的，所以才能貫徹無敗的精神……但余真的不明白。那時——妳怎麼還能露出如此自適的笑容呢——」

「剪刀石頭──」

哀川潤無視我樹丸所說的話，突然從口袋伸出手，大幅度地將它舉起。

「布！」

「嗯！」

反射性地。

他出了拳頭。

而哀川潤則是剪刀。

「…………」

「喝喝喝，你看，贏不了吧？」

「……那是因為妳第一拳總是出剪刀吧？像個小學生一樣。」

「啊、哈、哈！」

「為什麼──輸了還笑得出來呢？」

我樹丸似乎真的無法理解的樣子，表情十分訝異──對此，哀川潤還是用她那自適的笑容回應。

「因為。」

哀川潤笑得更開心了。

「人家沒有輸啊，這是勝利的V手勢！」

維持剪刀的姿勢。

刻意將兩隻手指比給他看。

「話說回來，生涯無敗，你有思考過最強的意義嗎？」

像是在呼應我樹丸的問題，哀川潤問道——

他還沒來得及回答。

「我沒有。」

像這樣。

很完美地結束話題。

她就是本故事的另一位主角，無桐伊織。

針織帽殺人鬼。

而那頂針織帽於本次的大厄遊戲中，在闇口憑依的搶奪之下，裂成兩半，因此，她現在只是個普通的殺人鬼。

不過，針織帽再買就有了，問題是她的義肢。

因為人識不見了，被闇口憑依給拔斷的義肢，是由哀川潤替她裝上的——還真是有樣學樣的曲弦線。幸好（還是應該說，幸好是罪口商會的作品呢？）那對義肢幾乎沒有損傷，重新植入並不會耗費太大功夫。

唯獨復健訓練，又得重新開始了，這也是沒有辦法的事。

「嗯。看樣子是無法追上人識了，真可惜。」

伊織說道。

對於人識連夜離開這件事，她是唯一沒有發表像樣感想的人——不，她其實大概想過，人識會這麼做。

而且，只要開口，他就會留下來。

她雖這麼想。

卻覺得這麼做好像不太對，只好任憑他離開——再說。

再說。

「對了，哀川姊姊，我有個請求。」

即使逃走了，伊織也不打算追他回來。

可能是繼承了，自殺志願——零崎雙識的遺志吧？

畢竟，無桐伊織是零崎雙識的——繼承者啊！

在回程的直升機中，闇口崩子和想影真心玩起了花繩，無桐伊織則是在一旁對哀川潤低下了頭。

直升機駕駛是石丸小唄這件事，已經被伊織知道了（哀川潤本來就沒打算隱瞞），而她也絲毫不在意。

比起這些。

還有更重要的事。

「妳可以跟我一起，追回人識嗎？」

「…………」

哀川潤眯起了眼睛。

「隨他它去就好了吧?那個傢伙。」

她說。

「擅自消失的傢伙,沒有必要再去追他。」

「那可不行。人識,是與我『有關』的。」

伊織回覆了哀川潤。

「雖然反正是害怕寂寞的人識,等他哪天改變心意,自己就會回來了。不過,就這樣等下去,又覺得哪裡不對勁。」

「……我可是很貴的喔。」

即使哀川潤這麼說,伊織依舊露出「一切都不是問題。」的態度。

「如果是努力打工,過著貧困日子的崩子哥哥都付得出來的金額,我一定也付得起吧?……不過,大概多少呢?」

「美少年是事前付款。」

「喔,聽妳這麼說,妳好像有說過。他是不是有一筆存款啊?」

「不是。」

哀川潤緩緩搖頭。

突然露出了反派的神情。

「他用身體還的。」

「……啊？」

「我當場奪走了他的初吻。」

「這是祕密噢，不可以跟崩子說，我還不想死啊！」

這個人的所作所為跟六何我樹丸有什麼不同？伊織心想。

「………………」

「……話說回來，我樹丸先生為什麼想要我和哀川姊姊的孩子呢？」

「好像是他個人的興趣喔！想要留下妳的基因。本能來說是理所當然的啦！不過就因為出自興趣，他才會像那樣拜託我們，但以他的年紀，人也算是相當帥氣，若是誠心的請求，大概五個人裡面至少有一人會願意替他生孩子吧？」

「妳現在是想一個人解決少子化的問題嗎……」

「哼！零崎一賊、六何我樹丸還有萌太和崩子妹妹，你們就是想太多了啦——家人還是親子什麼的，麻煩死了！」

「啊……妳也這麼想嗎？我多少有點感覺。」

「我可有三位父親喔！母親也有兩位。事實上，大家不是常說嗎？」

哀川潤裝模作樣的。

嘴角微微上揚。

「人類——大家都是兄弟姊妹啊！」

她這麼說道。

無桐伊織其實也沒有再煩惱什麼——但那句話，卻讓她有一種被拯救的感覺。

「……先不管這些啦，哀川姊姊，聽妳說來崩子的哥哥好像是位帥哥，享年十五歲，這也代表，他的初吻早就送出去了吧？」

「欸……真的假的？我被騙了嗎？」

「我怎麼覺得妳好像有點受傷啊……」

你沒有那種資格喔，伊織說。

總之，無論如何。

你追我跑。

我閃你躲的捉迷藏。

那也是——零崎人識與無桐伊織的關係。

◆　◆

石凪砥石送走零崎人識，卻沒有再回到大厄島——沒有人為這個事實感到震驚。因為他在離開島上的時候，已經留下了訣別的證據。他和三年前原本的所有者一樣，將那把滿是圓點花紋的死神鐮刀留下。

大厄遊戲雖然沒分出勝負，若不是石凪調查局的死神，就能使用死神鐮刀。也就是說，那把鐮刀對闇口眾的人來說一點用也沒有。

最後，經過討論，那把死神鐮刀就由闇口崩子接收——身為石凪萌太的靈魂，他的分身，也只有崩子能繼承它。而作出如此結論的是首領代行，石凪萌太的繼母身兼老闆的闇口憑依，不過這件事卻沒有對外發表——至少，崩子是不會知道的。總之，哀川潤在數個月前所承接，來自石凪萌太的委託，終於在這裡順利達成任務。這對身為人類最強承包人，任務達成率卻十分低靡的她來說，算是相當難得的案件。

話雖這麼說，出身闇口眾，失去戰鬥技能的闇口崩子，同樣沒有使用鐮刀的資格。

因此，那把死神鐮刀再也沒有在戰場上出現，而他目前與那群被稱為家人的家人待在同一個屋簷下，被大家所珍惜著。

（無桐伊織——兄妹關係）

（關係繼續）

後記——

常說正義必勝，一般來說是正義的那一方所說的話，正確來說，是不是正義這方不會提失敗呢？當然，邪惡就是邪惡，不用說我們一定會輸，而且也可以肯定說邪惡是絕對不會消失的吧。即使態度一轉說勝利的那方才是正義，輸的那方就是邪惡，說不定也不是這樣，既有君臨天下的邪惡，也有殘破不堪的正義，要將這部分一概而論或統一來定義，判斷起來還是很困難的。實際的問題是，無論是哪種勝利者，單單只是贏了，單單只是沒輸便能主張其正當性是相當不可能的吧……無論看起來多強大的人，看起來戰無不勝的人，也不代表就是正確的，更何況是所謂的正義……相反的，那麼就不一定要勝利，不用很強也沒關係，只要有任何人都不得不認為是正義的『原因』或存在的話，那又究竟是什麼呢？對正確的定義因人而異，因為每個人都認為自己是正確的，即便正義不是權力遊戲，也是少數服從多數，所以把那樣的東西直接切除丟棄當作不存在雖然簡單，但太過悲哀，嘗試某項有點蠢的思考實驗，假設有一個無論誰來看，都是不容分說不論邏輯絕對正確的概念，這樣才是得不到任何讚美而是會被嫌棄的概念吧，我得到這個結論。否定一切，否定全人類價值觀的概念，是否才是萬能的正義呢？畢竟任何人在那樣的概念面前時，有什麼『原因』而覺得『自己是錯的』『自己才是壞人』的想法，而被認為這正是讓萬人屈服的正義。讓萬人屈服，那根本就不是全然的正義，那是一種概念，並不是人間。

話說回來，本書是人間系列的最終作，也作為關係四部曲前言的一冊。重新回頭讀過後，發現似乎也稱得上是本系列的第二集《零崎軋識的人間敲打》的結續篇，各位認為呢？本作中登場的結晶皇帝、六何我樹丸是生涯無敗之男，但完全感受不到他們正確的的這個部分正是其魅力所在。既然這麼說的話，零崎一賊與哀川潤也是與正確無緣的——正因為立場不同而不需要正確的這一點上，是書中人物角色的共通之處。之所以需要正確，究竟是正確的人呢？還是欠缺正確的人呢？如果有時間的話可以想一想——《零崎人識的人間關係　與無桐伊織的關係》就是這樣的感覺。

替封面畫新圖的也是之前的人間系列的插畫師竹老師。簡直美得不可方物……《與匂宮出夢的關係》《與零崎雙識的關係》《與戲言玩家的關係》等等的插圖，獻上萬分感謝。

西尾維新

浮文字
零崎人識的人間關係 與無桐伊織的關係
（原名：零崎人識の人間関係 無桐伊織との関係）

作者／西尾維新 插畫／take 譯者／王炘珏
執行長／陳君平 榮譽發行人／黃鎮隆
協理／洪琇菁 國際版權／黃令歡
執行編輯／呂尚燁 美術編輯／李政儀
企劃宣傳／楊玉如、洪國瑋、施語宸
發行／英屬蓋曼群島商家庭傳媒股份有限公司城邦分公司 尖端出版
台北市中山區民生東路二段一四一號十樓
電話：（〇二）二五〇〇—七六〇〇（代表號）
傳真：（〇二）二五〇〇—一九七九
中部以北經銷（含宜花東）／楨彥有限公司
電話：（〇二）八九一九—三三六九
傳真：（〇二）八九一四—五五二四
雲嘉經銷／智豐圖書股份有限公司 嘉義公司
電話：（〇五）二三三—三八五二
傳真：（〇五）二三三—三八六三
南部經銷／智豐圖書股份有限公司 高雄公司
電話：（〇七）三七三—〇〇七九
傳真：（〇七）三七三—〇〇八七
一代匯集／香港九龍旺角塘尾道六十四號龍駒企業大廈十樓B＆D室
電話：（八五二）二七八三—八一〇二
傳真：（八五二）二七八二—一五二九
馬新經銷／城邦（馬新）出版集團 Cite(M)Sdn.Bhd.
E-mail：Cite@cite.com.my
法律顧問／王子文律師 元禾法律事務所
北市羅斯福路三段三十七號十五樓
二〇二二年八月二版一刷

■中文版■

郵購注意事項： 1. 填妥劃撥單資料：帳號：50003021戶名：英屬蓋曼群島商家庭傳媒(股)公司城邦分公司。2. 通信欄內註明訂購書名與冊數。3. 劃撥金額低於500元，請加附掛號郵資50元。如劃撥日起 10～14日，仍未收到書時，請洽劃撥組。劃撥專線TEL：(03) 312-4212 ・ FAX：(03) 322-4621。E-mail：marketing@spp.com.tw

國家圖書館出版品預行編目資料

零崎人識的人間關係 與無桐伊織的關係 / 西尾維新 著
; 王炘玨譯 . --二版. --臺北市：尖端出版, 2022.08
面 ; 公分.--(書盒子)
譯自:零崎人識の人間関係 **無桐伊織との関係**
ISBN 978-626-338-030-1(平裝)

861.57 111007684